林贤治 主编
百年中篇典藏

人到中年

谌容 著

姜玉琴 编

花城出版社
中国·广州

图书在版编目（CIP）数据

人到中年 / 谌容著；姜玉琴编. -- 广州：花城出版社，2020.8（2024.3重印）
（百年中篇典藏 / 林贤治主编）
ISBN 978-7-5360-9100-9

Ⅰ.①人… Ⅱ.①谌… ②姜… Ⅲ.①中篇小说－小说集－中国－当代 Ⅳ.①I247.5

中国版本图书馆CIP数据核字(2020)第134800号

出 版 人：张 懿
丛书策划：张 懿
出版统筹：邹蔚昀
责任编辑：陈诗泳
技术编辑：凌春梅
装帧设计：林露茜

书　　名	人到中年
	REN DAO ZHONG NIAN
出版发行	花城出版社
	（广州市环市东路水荫路11号）
经　　销	全国新华书店
印　　刷	广州市岭美文化科技有限公司
	（广州市荔湾区花地大道南海南工商贸易区A幢）
开　　本	880毫米×1230毫米　32开
印　　张	4.625　2插页
字　　数	100,000字
版　　次	2020年8月第1版　2024年3月第3次印刷
定　　价	40.00元

如发现印装质量问题，请直接与印刷厂联系调换。
购书热线：020-37604658　37602954
花城出版社网站：http://www.fcph.com.cn

总序

林贤治

中国新文学从产生之日起，便带上世界主义的性质。这不只在于由文言到白话的转变，重要的是文学观念的革新。从此，出现了新的文体，新的主题，新的场景、人物和故事，于是一个新的文学时代开始了。

以文体论，所谓"文学革命"最早从诗和散文开始。小说是后发的，先是短篇，后是中篇和长篇，作者也日渐增多起来。由于五四的风气所致，早期小说的题材多囿于知识人的家庭冲突和感情生活；继"畸零人"之后，社会底层多种小人物出现了，广大农民的命运悲剧与农村中的阶级斗争进而廓张了小说的疆域，随后，城市工人与市民生活也相继进入了小说家的视野。小说以它的叙事性、故事性，先天地具有一种大众文化的要素，比较诗和散文，影响更为迅捷和深广。

从小说的长度看，中篇介于短篇与长篇之间，但也因此兼具了两者的优长。由于具有相当的体量，中篇小说可以容纳更多的社会内容；又由于结构不太复杂而易于经营，所以，自二十世纪二十年代以来，小说家多有中篇制作。论成就，或许略逊于长篇，但胜于短篇是肯定的。

一九二二年，鲁迅在报上连载《阿Q正传》。这是新文学运动发生以后的第一个中篇小说，在革命的大背景下，为国人的灵魂造像；形式之新，寓意之深，辉煌了整个文坛。阿Q，作为一个典型人物，相当于塞万提斯笔下的堂·吉诃德，在中国，为广大的人们所熟知，他的"精神胜利法"成了民族的寓言。在二十年代，创造社和文学研究会的作家创作颇丰，中篇小说作家有郁达夫、废名、许地山、茅盾，以及沅君、庐隐、丁玲等。郁达夫在五四文学中享有盛名。他的小说，最早创造了"零余者"的形象，其中自我暴露、性描写，在当时是惊世骇俗的，虽然有颓废的倾向，却不无反封建的进步的意义。《迷羊》《她是一个弱女子》是他的代表性作品，打着时代特有的个性主义和人道主义的双重烙印。在丁玲的《莎菲女士的日记》中，作为刚刚觉醒的女性主义者，追求个性解放和自由恋爱的莎菲女士，结果陷入歧路彷徨、无从选择的困局之中，表现了一代五四新女性所面临的新观念与旧事物相冲突的尴尬处境。继鲁迅之后，一批"乡土作家"如台静农、蹇先艾、许钦文、王鲁彦等崛起文坛，是当时的一个突出的文学现象。但是佳作不多，中篇绝少。

毕竟是新文学的发轫期，二十世纪二十年代的小说大多流于粗浅，至三十年代，作家队伍迅速扩大，而且明显地变得成熟起来。有三种文学，其中一种是所谓"民族主义文学""三民主义文学"；另一种与官方文学相对立，在当时声势颇大，称为"左翼文学"。以"左联"为中心，小说作家有茅盾、柔石、蒋光慈、叶紫、张天翼、丁玲，外围有影响的还有萧军、萧红等。其中，中篇如《林家铺子》《二月》《丽莎的哀怨》

《星》《八月的乡村》《生死场》，都是有影响的作品。茅盾素喜取景历史的大框架，早期较重人物的生理和心理描写，有点自然主义的味道，后来有更多的理性介入，重社会分析。中篇《林家铺子》讲述杭嘉湖地区一个小店铺老板苦苦挣扎，终于破产的故事。同《春蚕》诸篇一起，展开二十世纪三十年代民族危难、民生凋敝的广阔的社会图景。《二月》是柔石的一部诗意作品。小说在一个江南小镇中引出陶岚的爱情，文嫂的悲剧，和一个交头接耳、光怪陆离而又死气沉沉的社会。最后，主人公萧涧秋在流言的打击下，黯然离开小镇。作者以工妙的技巧，揭示了知识分子在残酷的现实生活中进退失据的精神状态。诗人蒋光慈的小说《丽莎的哀怨》《冲出云围的月亮》发表后，受到左翼作家的批判，影响轰动一时。其实"革命+恋爱"的创作模式，并不能遮掩小说所展露的人性的光辉。特别在充斥着"左"倾教条主义政治话语的语境中，作者执着于对"人"的描写，对人性与环境的真实性呈现，是极为难得的。萧军和萧红是东北流亡作家，作品充满着一种家国之痛。《八月的乡村》以场景的连缀，展示了与日本和伪满洲国军队战斗的全貌。《生死场》超越民族和国家的限界，着眼于土地和人的生存。"在乡村，人和动物一起忙着生，忙着死"，是贯穿全篇的主旋律。小说有着深厚的人本主义的内涵，带有启蒙的意义。

此外，还有一种文学，来自一批自由派作家，独立的作家，难以归类的作家。如老舍、巴金、沈从文等，在艺术上，有着更为自觉的追求。像沈从文的《边城》《长河》，就没有左翼作品那种强烈的阶级意识。沈从文自称"是个不想明白道理却永远为现象所倾心的人"。他倾情于"永远的湘西",着意于表现自然之美与野蛮的力,叙述是沉静的,描写是细致的,一些残酷的血腥的故事,在他的笔下,也都往往转换成文化的美,诗意的美,而非伦理的美。巴金早期的小说颇具政治色彩,如《灭亡》;而《憩园》,则是一种挽歌调子,很个人化的。施蛰存等一批上海作家是另一种面貌,他们颇受西方现代派文学的影响,从事实验性写作。不过,值得指出的是,左翼作家是一批青年叛逆者,敢于正视现实、反抗黑暗;其中有些作品虽然因意识形态的影响而在一定程度上削弱了艺术的力量,但是仍然不失为当时最为坚实锋锐的文学,是五四的"人的文学"的合理的延伸。

整个二十世纪四十年代动荡不安。这时,除了早年成名的作家遗下一些创作外,新进的作家作品不多,突出的有张爱玲的《金锁记》和路翎的《饥饿的郭素娥》。张爱玲善于观察和描写人性幽暗的一面,《金锁记》可谓代表作。路翎的《饥饿的郭素娥》何尝不是写人性,却是张扬的、光明的、美善的。在劳动妇女郭素娥的身上,不无精神奴役的创伤,却更多地表现出了与命运抗争的顽强的生命力。延安文学开拓出另一片天地:清新、简朴、颂歌式。丁玲的《在医院中》《我在霞村的时候》,以及赵树理的《小二黑结婚》《李有才板话》,形态很不相同,但在文学史上都有着全新的意义。在丁玲这里,明显地带有五四时期的个人主义和女性主义的残留,所以当时遭到不合理的批判。赵树理的小说,可以说专写农村和农民,但不同于此前知识分子作家的乡土小说,强调的不是苦难,而是新生的活力和希望。语言形式是民族的、传统的,结合现代小说的元素，有个人的创造性，但无疑地更加切合时代的需要。所以，周扬高度评价赵树理的作品，称为"新文艺的方向"。

一九四九年以后，中国有了统一的文坛。从五十年代初期的文艺整风开始，多种政治运动接连不断，对作家的思想、个性和创造力造成了不同程度的损害。比如对萧也牧的《我们夫妇之间》的批判，以及随后对路翎入朝创作的《洼地上的战役》等小说的批判，都在小说界产生了直接的消极影响。

二十世纪五六十年代的中短篇小说颇为寥落。少数青年作者带有锐意的作品，如王蒙的《组织部来了个年轻人》，较早表现反官僚主义的主题。小说也许受到来自苏联的"写真实""干预生活"等理论和作品的影响，但是作者无意模仿，这里是来自五十年代中国的真实生活，和一个"少布"的理想激情的历史性相遇。它的出现，本是文学话语，通过政治解读遂成为"毒草"，二十年后同众多杂草一起，作为"重放的鲜花"傲然出现。老作家孙犁以一贯的诗性笔调写农业合作化运动，自然被"边缘化"；赵树理一直注目于农村中的"中间人物"，却在一九六二年著名的"大连会议"之后为激进的批判家所抛弃。"文革"十年，文坛荒废，荆棘遍地；所谓"迷阳聊饰大田荒"，甚至连迷阳也没有。

"文革"结束以后，地下水喷出了地面。以短篇小说《伤痕》为标志的一种暴露性文学出现了，此时，一批带有创伤记忆的中篇如《天云山传奇》《犯人李铜钟的故事》《大墙下的红玉兰》《绿化树》《一个冬天的童话》《被爱情遗忘的角落》等同时问世。《绿化树》叙写的是右派章永璘被流放到西北劳改农场的经历，是张贤亮描写中国知识分子历史命运的一部力作。与其他"大墙文学"不同的是,作者突出地写了食和性。通过对主人公一系列忏悔、内疚、自省等心理活动的描写,对饥饿包括性饥饿的剖视,真实地再现了特定年代中的知识分子的苦难生活。作者还创作了系列类似的小说,名为"唯物论者的启示录",对一代知识分子命运作了深入的反思。张弦的小说,妇女形象的描写集中而出色。《被爱情遗忘的角落》《未亡人》《挣不断的红丝线》,其中的女性,无论在农村还是城市,无论是少女还是寡妇,都是生活中的弱势者,极"左"路线下的不幸者、失败者和牺牲者。驰骋文坛的,除了伤痕累累的老作家之外,又多出一支以知青作家为代表的新军,作品有张承志的《北方的河》《黑骏马》,王小波的《黄金时代》,阿城的《棋王》等。或者表达青年一代被劫夺的苦痛,或者表现为对土地和人民的皈依,都是去除了"瞒和骗"的写真实的作品。这时,关注现实生活的小说多起来了。无论是蒋子龙的《乔厂长上任记》、高晓声的《陈奂生上城》,还是谌容的《人到中年》、路遥的《人生》,都着意表现中国社会的困境,不曾回避转型时期的问题。《人到中年》通过中年眼科大夫陆文婷因工作和家庭负担过重,积劳成疾,濒临死亡的故事,揭示中国知识分子的生存现状,可谓切中时弊。小说创造了陆文婷这个悲剧性的英雄形象,富于艺术感染力,一经发表,立即引起社会的巨大反响。

二十世纪八十年代初期中国作家非常活跃,带来中篇小说空前的繁荣。这时,出现了重在人性表现的另类作品,如汪曾祺的《受戒》《大淖记事》,张洁的《爱,是不能忘记的》,还有史铁生的《关于詹牧师的报告文学》《命若琴弦》等,显示了创作的多元化倾向。汪曾祺的小说创作起步于二十世纪四十年代,却因时代的劫难,空置几十年之后,终至大器晚成。他自称是"一个中国式的抒情的人道主义者",小说多叙民间故事,十足的中国风。《大淖记事》乃短篇连缀,散文化、抒情性,气象阔大,尺幅千里,在他的作品中是有代表性的。

八十年代中期,"思想解放运动"落潮,美学热、文化热兴起。在文学界,"寻根文学""先锋小说"应运而生。"寻根"本是现实问题的深化,然而,"寻"的结果,往往"超时代",脱离现实政治。王安忆的《小鲍庄》,以多元的叙述视角,通过对淮北一个小村庄几户人家的命运,尤其是捞渣之死的描写,剖析了传统乡村的文化心理结构,内含对国民性及现实生活的双面批判,是其中少有的佳作。"先锋小说"在叙事上丰富了中国小说,但是由于欠缺坚实的人生体验,大体浅尝辄止,成就不大,有不少西方现代主义的赝品。

至九十年代,中篇小说创作进入低落、平稳的状态。这时,作家或者倡言"新写实主义","分享艰难",或者标榜"个人化叙事",暴露私隐。无论回归正统还是偏离正统,都意味着文学进入了一个思想淡出、收敛锋芒的时期。王朔是一个异类,嘲弄一切,否弃一切;他的作品,容易让人想起鲁迅的名文《流氓的变迁》,却也不失其解构的意义。这时,有不少作家致力于历史题材的书写或改写,莫言的《红高粱》写抗战时期的民众抗争,格非的《迷舟》写北伐战事,从叙述学的角度看,明显是另辟蹊径的。苏童的《妻妾成群》,写的是大家族的妇女生活。在大宅门内,正妻看透世事,转而信佛;

小妾却互相倾轧，死的死，疯的疯。这些女人，都需要依附主子而活，互相迫害成为常态，不失为一个古老的男权社会的象征。尤凤伟的《小灯》和林白的《回廊之椅》写历史运动，视角不同，笔调也很不一样。尤凤伟重写实，重细节，笔力雄健；林白则往往避实就虚，描写多带诗性，比较丁玲的《太阳照在桑干河上》和周立波的《暴风骤雨》等经典作品，却都是带有颠覆性的叙述。贾平凹有一个关于土匪生活的系列中篇，艺术上很有特色。现实题材中，余华的《许三观卖血记》，刘庆邦的《到城里去》，迟子建的《世界上所有的夜晚》，胡学文的乡土故事和徐则臣的北漂系列，多向写出"新时期"的种种窘态。钟求是的《谢雨的大学》，解析当代英雄，包括大学教育体制，是一个值得注意的作品。关于官场、矿区、下岗工人、性工作者，现代化、城市化过程中的一些重大的社会事件和现象，都在中篇创作中有所反映，但人多显得简单粗糙，质量不高。

一百年来，经过时间的淘洗，积累了一批具有经典性、代表性的中篇小说。"百年中篇典藏"按现代到当代的不同时段，从中遴选出二十四部作品，同时选入相关的其他中短篇乃至散文、评论若干一起出版。宗旨是，使读者对具体的作家、作品，乃至一百年来中篇小说创作的源流状貌有一个较为完整的了解。

(图片摄影:胡铭原)

作者简介

谌容，女，汉族。原名谌德容，祖籍四川巫山，1936年生于湖北汉口。1951年由于家境原因而辍学，从事过书店营业员、报社干事等工作。1954年考入北京俄语学院，毕业后任中央人民广播电台音乐编辑和俄文翻译。1962年转至北京市教育局等待重新分配工作。在这期间，几次下放到农村参加劳动。1973年被分配到北京市第五中学任俄语教员。1964年开始文学创作，完成过三个没有正式发表的剧本。1975年开始发表作品，1979年发表中篇小说《永远是春天》，1980年发表中篇小说《人到中年》。该小说获中国作家协会第一届全国优秀中篇小说一等奖，由她改编的同名电影也曾先后获金鸡奖、文化部优秀影片奖和百花奖。出版有长篇小说《万年青》（1975）、《光明与黑暗》（1978）以及小说集《谌容小说选》（1981）、《赞歌》（1983）、《谌容中篇小说集》（1983）、《错、错、错！》（1986）、《谌容集》（1986）等。

1984年,谌容夫妇(余达 摄)

1984年10月,与友人在美国芝加哥

2004年,与重庆北碚朝阳小学的师生们在一起

1981年,邓颖超与谌容等女作家合影。左起:陶斯亮、舒婷、林子、邓颖超、谌容、温小钰、张抗抗、李玲修

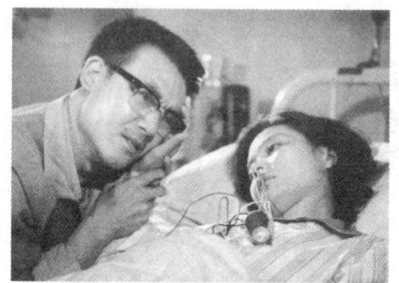
电影《人到中年》剧照

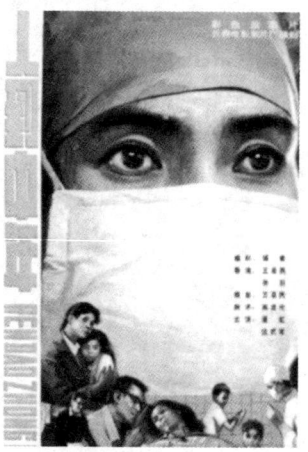
电影《人到中年》海报

潘虹在《人到中年》中扮演的陆文婷大夫

看望巴金

目录

人到中年　谌　容　/1

写给《人到中年》的读者　谌　容　/100
并非有趣的自述　谌　容　/104

谌容创作年表　/126

人到中年

谌　容

一

仿佛是星儿在太空中闪烁，仿佛是船儿在水面上摇荡。眼科大夫陆文婷仰卧在病床上，不知自己是在什么地方。她想喊，喊不出声来。她想看，什么也看不见。只觉得眼前有无数的光环，忽暗忽明，变幻无常。只觉得身子被一片浮云托起，时沉时浮，飘游不定。

这是在迷惘的梦中？还是在死亡的门前？

她记得，好像她刚来上班，刚进手术室，刚换上手术衣，刚走到洗手池边。对，她的好友姜亚芬是主动要求给她当助手的。姜亚芬的出国申请被批准了，他们一家就要去加拿大，这是姜亚芬跟自己一起做最后的一次手术了。

她们并肩站在一起洗手。这两个五十年代在医学院一起读书，六十年代初一起分配到这所大医院，同窗共事二十余载的好友即将天各一方，两人心情都很沉重。这种情绪在手术之前是不适宜的。她记得，自己曾想说些什么，调节一下这种离别前的惨淡的气氛。她说了些什么呢？对，她扭头问过：

"亚芬，飞机票订好了吗？"

姜亚芬说什么了？她好像什么也没有说，只是眼圈儿红了。

停了好久，姜亚芬才问了一句：

"文婷，你一上午做三个手术，行吗？"

她回答了吗？不记得了，好像是没有回答，只是一遍一遍地用刷子刷手。那小刷子好像是新换上的，一根根的鬃毛尖尖的，刺得手指尖好疼啊！她只看见手上白白的肥皂泡，只注视着墙上的挂钟，严格地按照规定，刷手、刷腕、刷臂，一次三分钟。她刷完三次，十分钟过去，她把双臂浸泡在消毒酒精水桶里。那酒精含量百分之七十五的消毒水好像是白色的，又好像是黄色的，直到现在，她的手和臂都发麻，火辣辣的。这是酒精的刺激吗？好像不是的。从二十年前实习时第一次上手术台到如今，她的手和臂几乎已经被酒精泡得发白，并没有感到什么刺痛呀？为什么现在这手好像抬也抬不起来了？

她记得，已经上了手术台，已经给病人的眼球后注射了奴佛卡因，手术就要开始了，这时，姜亚芬却悄悄问了一句话：

"文婷，你小孩的肺炎好了吗？"

啊！亚芬今天是怎么啦？难道她不知道一个眼科大夫上了手术台，就应该摒弃一切杂念，全神贯注于病人的眼睛，忘掉一切，包括自己，也包括自己的爱人、孩子和家庭。怎么能在这时候探问小佳佳的病呢？或许，亚芬正为她将去到异国而不安，竟至忘掉了她正在协助手术？

陆文婷几乎有些生气了，只答了一句：

"现在我除了这只眼睛，什么也不想。"

于是，她低下头去，用弯剪刀剪开了病眼的球结膜，手术就进行下去了。

啊！手术，手术，一个接着一个，这天上午怎么安排了三个手术呢？焦副部长的白内障摘除；王小嫚的斜视矫正；张老汉的角膜移植。从八点到十二点半，整整四个半小时，她坐在高高的手术凳上，俯身在明亮的灯下，聚精会神地操作。剪开，缝合；再剪开，再缝合。当她缝完最后一针，给病人眼睛上盖上纱布时，她站起身来，腿僵了，腰硬了，迈不开步了。

姜亚芬换好了衣服，站在门边叫她：

"文婷，走啊！"

"你先走吧！"陆文婷站住不动说。

"我等你。今天是我最后一次到医院来了。"

说着，姜亚芬的眼圈儿又红了。她那对漂亮的大眼睛水汪汪的，她是在哭吗？她为什么难过？

"你快回家收拾东西吧，刘大夫一定等你呢！"

"他都弄好了。"姜亚芬抬起头来，忽然叫道："你，你的腿怎么啦？"

"坐久了，有点麻，一会儿就好了。晚上我去看你。"

"那，我先走了。"

姜亚芬走了，陆文婷退身到墙边，用手扶着白色瓷砖镶嵌的冰冷的墙壁，站了好一阵，才一步一步走到更衣室。

她记得，她是换了衣服的，是那件灰色的布上衣。她记得她走出医院的大门，几乎已经走进了那条小胡同，已经望见了家门口。可是忽然，她觉得疲劳，一种从来没有感到过的极度的疲劳。这疲劳从头到脚震动着她，眼前的路变得模糊了，小胡同忽然变长了，家门口忽然变远了，她觉得永远也走不到了。

手软了，腿软了，整个身子好像都不是自己的了。眼睛累了，睁不开了。嘴唇干了，动不了了。渴啊，渴啊，到哪里去找一点水喝？

她那干枯的嘴唇颤动了一下。

二

"孙主任，你看，陆大夫说话了！"一直守在病床边的姜亚芬轻声叫了起来。

眼科主任孙逸民正在翻阅陆文婷的病历，"心肌梗塞"四个字把他吓住了。他显得心事重重，摇了摇苍白的头，推了推架在高鼻梁上的黑边眼镜，不由联想到在他这个科里，四十岁左右的大夫患冠心病的已经不是一个了。陆文婷大夫才四十二岁，自称没病没灾，从来没有听说过她心脏不好，怎么突然心肌梗塞？这多么出人意料，又是多么可怕啊！

听到姜亚芬的喊声，孙主任转过高大的，有些驼背的身躯，俯视着面色苍白的陆文婷大夫，只见她双目紧闭，鼻息微弱，干裂的唇动了一下，闭上了，又歙动了一下。

"陆大夫!"孙逸民轻轻地喊了一声。

陆文婷又一动不动了。她那瘦削的浮肿的脸上没有一点反应。

"陆大夫!文婷!"姜亚芬低声唤着。

陆文婷依旧没有反应。

孙逸民抬头望着阴森森竖在墙角的氧气筒,又盯着床头的心电监视仪。当他看到示波器的荧光屏上心动电描图闪现着有规律的QRS波时,才稍许放心。他又扭过头看了看病人,挥了挥手说:

"快去叫她爱人来!"

一个中等身材,面目英俊,有些秃顶的四十多岁的男同志跑了进来。他是陆文婷的爱人傅家杰。从昨天晚上开始他就守在床边,没有合过眼,刚才孙主任来,劝他到病房外边的长椅上去歇一会儿,他才勉强离开。

这时,孙逸民忙闪开床头的位置,傅家杰过来,俯身在陆文婷的枕边,紧张地盯着这张曾经那么熟悉,现在又变得那么陌生的白纸一样的脸。

陆文婷的嘴唇又微微动了一下。这无声的语言,没有任何人能听懂,只有她的爱人明白了:

"快拿水来!她说她渴!"

姜亚芬赶忙递过床头柜上的小瓷壶。傅家杰接过来,小心地绕过输氧的橡皮管,把壶嘴挨在那像两片枯叶似的唇边,一滴一滴的清水流进了这垂危病人的口中。

"文婷,文婷!"

傅家杰喊着,他的手抖着,瓷壶里的水珠滴到了那雪一般惨白的脸上,她似乎又微微动了一下。

三

眼睛,眼睛,眼睛……

一双双眼睛纷至沓来,在陆文婷紧闭的双眸前飞掠而过。男的,女的;老的,少的;大的,小的;明亮的,浑浊的,千差万别,各不相同,在她四周闪着,闪着……

这是一双眼底出血的病眼;

这是一双患白内障的浊眼;

这是一双眼球脱落的伤眼。

这,这……啊!这是家杰的眼睛!喜悦和忧虑,烦恼和欢欣,痛苦和希望,全在这双眼睛中闪现。不用眼底灯,不用裂隙镜,就可以看到他的眼底,看到他的心底。

家杰的眼底清澈明亮,就像天上金色的太阳。家杰的心底是火热的,他曾给过她多少温暖啊!

是他的声音,家杰的声音!那么亲切,那么温柔,却又那么遥远,好似从九天之外的另一个世界飘来:

"我愿意是激流,
…… ……
只要我的爱人,
是一条小鱼,
在我的浪花中,
快乐地游来游去。"

这是在什么地方？啊，是在一片银白色的天地中。冰冻的湖面，水晶一般透明。红的、蓝的、紫的、白的身影在冰面上飞翔。那欢乐的笑声啊，好似要把这透明的宫殿震穿！她和他也手拉着手，穿梭在人流里。笑脸，一张张的笑脸，她都看不见，她只看见他。他们并肩滑翔着，旋转着，嬉笑着，那是多么快乐的日子啊！

银装素裹的五龙亭，庄严古老，清幽旷寂，她和他倚身在汉白玉的亭台栏杆旁。片片雪花打在他们脸上，戏弄着他们的头发。他们不觉得冷，四只手紧紧地握在一起，傲视着这冷峻无情的严寒。

那时她是多么年轻！

她没有幻想过飞来的爱情，也没有幻想过超出常人的幸福。从小，她就是个孤苦伶仃的女孩子。幼年父亲出走，母亲在困苦中把她抚养成人。她不记得曾有过欢乐的童年，只记得一盏孤灯伴着早衰的母亲，夜夜剪裁缝补，度过了一个个冬春。

进了医学院，她住女生宿舍，在食堂吃大锅饭。天不亮，她就起床背外语单词。铃声响，她夹着书本去听课，大课小课，密密麻麻的笔记。接着是晚自习，然后在解剖室呆到深夜。她把青春慷慨地奉献给一堂接着一堂的课程，一次接着一次的考试。

爱情似乎与她无缘。姜亚芬是她同班同学，两人同住一间宿舍。姜亚芬有一双会说话的眼睛，有一张迷人的小嘴；有修长的身材，有活泼的性格。每个星期，她都会收到不能公开的来信；每个周末，她都有神秘的约会。而陆文婷却是茕茕孑立，形影相吊，没有来信，也没有约会。她似乎是一个被人遗忘的少女。

当她和姜亚芬一起被分配到这所具有一百多年历史的著名的大医院时，医院向她们宣布了一条规定：医学院的毕业生分配到本院先当四年住院医。在任住院医期间，必须二十四小时呆在医院，并且不能结婚。

姜亚芬背后咒骂"这简直是修道院"，陆文婷却甘心情愿地接受了这种苛求。二十四小时呆在医院，这算什么？她恨不得一天有四十八小时献给医院！四年之内不能结婚，这又算得了什么？医学上有成就的人，不是晚婚就是独身，这样的范例还少吗？小陆大夫把自己全身的精力投入了工作，兢兢业业地在医学的大山上登攀。

然而，生活总是出人意料的。傅家杰忽然闯进了她那宁静的，甚至是刻板的生活中来。

这是怎么回事？这事是怎么发生的？她一直闹不明白，她也没有去闹明白。他因为突然的眼病来住院了，恰巧是她负责的病人。她为他治好了眼睛。也许，就在她认真细巧的治疗中，唤起了他的另一种感情。这种感情蔓延着，燃烧着，使得他们两人的生活都改变了。

北国的冬天多么冷啊！那年的冬天对她又是多么温暖！她从来不曾想到，爱情竟是这样的迷人，这样的令人心醉！她简直有些后悔，为什么不早去寻求？那一年，她已在人世间经历了二十八个春天，算不得年轻，然而，她的心却是年轻的。她用整个纯洁的身心来迎接这迟到的爱情。

"我愿意是荒林,
……　……
只要我的爱人,
是一只小鸟,
在我的稠密的
树林间做窝、鸣叫……"

这简直不可思议。傅家杰是学冶金的。他在冶金研究所里专攻金属力学,据说是为"上天"研制新型材料的。他有点傻气,有点呆气,姜亚芬就说他是"书呆子"。可是,这个书呆子会念诗,而且念得那么好!

"这是谁的诗?"她问他。

"裴多菲,匈牙利的诗人。"

"真怪,你是搞科学的,还有时间读诗?"

"科学需要幻想,从这一点说,它同诗是相通的。"

谁说傅家杰傻?他回答得很聪明。

"你呢?你喜欢诗吗?"他问她。

"我?我不懂诗,也很少念诗。"她微笑着略带嘲讽地说,"我们眼科是手术科,一针一剪都严格得很,不能有半点儿幻想的……"

"不,你的工作就是一首最美的诗。"傅家杰打断她的话,热切地说,"你使千千万万人重见光明……"

他微笑着挨近她,脸对着脸,靠得那么近。她从未感到过的男人的热气,猛然地飘洒在她脸上,使她迷惑,使她慌乱。

她觉得好像要发生什么事情，果然，他伸开双臂，那么有力地把她拥进自己的怀里。

这一切，来得那么突然。她惶恐地望着这双贴近的含笑的眼睛，张开的双唇。她心跳神驰，微仰起头，下意识地躲闪着，慌乱地紧闭了眼睛，承受着这不可抗拒的爱情的袭击。

雪中的北海，好像是专为她而安排。浓浓的雪花，纷纷扬扬，遮盖着高高的白塔、葱葱的琼岛、长长的游廊和静静的湖面，也遮盖着恋人们甜蜜的羞涩。

于是，出乎所有人的意料，在四年住院医的独身生活结束之后，陆文婷最先举行了婚礼。这只能说是命运的安排，谁能想到在她生活的路上会跳出一个傅家杰来？他要结婚，她怎么能拒绝呢？你看他多么固执地追求着，渴望着，愿意为她牺牲一切——

"我愿意是废墟，
…… ……
只要我的爱人，
是青春的常春藤，
沿着我荒凉的额，
亲密地攀援上升。"

多好啊，生活！多美啊，爱情！这久远的往事重现在脑际，使得垂危中的她似乎有了生的活力，她的眼睛微微启开了一下。

四

在服用了大量镇静和镇痛的药物之后，陆文婷大夫仍在昏睡。内科主任亲自来为她做了检查。他仔细听了她心脏和肺部的情况，看了心动电描图和病房记录，嘱咐值班大夫继续为病人静脉滴注极化液，注射罂粟碱和吗啡，密切监视心电变化，以防止梗塞面扩大和发生严重的合并症。

走出病房，内科主任对孙逸民说道：

"她的体质太弱了。我记得，陆大夫刚到我们医院的时候，身体很好嘛！"

"是啊！"孙逸民摇摇头，叹息着说，"她到我们医院，算来有十八年了。来的时候还是个小姑娘啊！"

十八年前，孙逸民已经是一位享有盛名的眼科专家了。他高超的医术和对工作一丝不苟的态度，赢得了眼科全体大夫的敬畏。这位年富力强、精力旺盛的教授，把培养年轻医生当作自己不容推卸的责任。每当医学院分来一批学生，他都要逐个考察，亲自挑选。他认为，要把这所医院的眼科办成全国最好的眼科，必须从挑选最有前途的住院医开始。

陆文婷是怎么被他挑上的呢？他记得很清楚。最初，这个二十四岁的医学院毕业生并没有给他留下很深的印象。

那天一上午，孙主任已经同五个新分配来的大学生谈了话，心里感到非常失望。这五个大学生，有的很适宜搞眼科，可是看不起眼科，表示不愿意在眼科工作；有的倒是愿意在眼科，可又把眼科看得很简单，以为这是很清闲的一科。当他拿起第六份档案，看到"陆文婷"这个名字时，他感到有点累，也并不期待还能出现奇迹。他心里想的是应该改进医学院的教学工作，使学生从一开始对眼科就有一个正确的看法。

这时，门悄悄地推开。一个苗条的女生轻步走了进来。孙逸民抬起头来，只见进来的这个女学生穿一身布衣布裤。袖口补着一圈新布边，长裤的膝盖处已经发白。她是朴素的，甚至显得有些寒伧。孙逸民望着档案袋上"陆文婷"三个字，又抬头漫不经心地打量了她一眼。这个女大学生看起来真像一个小姑娘。她小巧的身子，瓜子形的脸儿，一头乌黑透亮的好头发，短短地剪齐在耳垂下。她坐在对面的椅子上，安静得像一滴水。

孙主任照例问了一般学业上的问题。陆文婷一一回答了，但只限于回答，没有更多的话。

"你愿意在眼科吗？"孙逸民几乎决定草草结束这谈话了。他手臂撑在桌沿上，用手指揉着太阳穴，疲倦地问道。

"愿意。我在学校的时候就对眼科有兴趣。"她说话略带南方口音。

这个回答，使孙逸民那么高兴。他松开了按在太阳穴上的手指，好像额头不那么涨痛了。他立刻改变了主意，要把谈话认真地进行下去。他审视着这女学生，问道：

"为什么有兴趣呢？"

话一出口，他自己感到这个问题提得不好，叫人家太难回答了。不想，那女学生却不慌不忙地回答了：

"我们国家的眼科太落后了……"

"好，你讲讲看，怎么落后？"孙逸民简直是急急地在问了。

"我也讲不好,反正我觉得,有些手术,外国已经搞开了,我们还是空白。比如,用激光封闭视网膜破口。我觉得,我们也应该尝试的。"

"是啊!"孙逸民在心里已经给这个学生打了"五"分。他又问道:"还有呢?还有什么想法?"

"还有……嗯……用冷冻摘除白内障,也应该普遍推广。反正我觉得,有很多新的课题,值得研究。"

"好啊,你讲得很好。你能看外文资料吗?"

"查字典看,很吃力。我喜欢外语。"

"这太好了。"

孙逸民主任在一个新来的大学生面前连连赞好,这是绝无仅有的。过了几天,陆文婷和姜亚芬首先被眼科要了来。如果说姜亚芬以她的聪慧、热情、精干被孙逸民挑上,那么,陆文婷就是以她的朴实、深沉、敏锐而被选中。

第一年,她们做外眼手术,熟读眼科学。第二年,她们做内眼手术,读屈光学和眼肌学。第三年,她们能做比较精细的白内障之类的手术了。这一年,有一件事更使孙主任对陆文婷大夫另眼相看。

那是一个春天的早晨。星期一,孙主任查病房来了。穿白大褂的各级大夫跟了一群。病人怀着急切的心情,都早已坐好在床上,翘首盼望这位有名的教授给自己看上一眼。好像他的手一按到自己的眼睛上,那病就会好似的。

每到一个床位,孙主任总是接过从背后递上来的病历,一边翻阅着,一边听主治大夫或高年大夫汇报诊断与治疗的情况。有时他掰开病人的眼皮瞧上一眼,有时他拍拍病人的肩膀，嘱咐病人手术时不要紧张，然后转到下一个床位。

查完病房之后，照例有一个短会，交换意见，安排工作。在这样的会上，通常都是孙主任和主治大夫们发言，住院医只用心地在一边听着，谁也不敢说什么，怕说错了在这些眼科权威们面前出乖露丑，日后成为全科的笑料。这一次也是如此，该说的说完了，该布置的布置了。孙逸民准备走了，他站起来问：

"大家还有什么意见吗？"

这时，在屋子角落里，响起了一个很低的女同志的声音：

"四室三床的病人，请孙主任再看看片子。"

满屋的人都朝说话的方向转过头去。孙逸民也看清了，说话的是陆文婷大夫。她确实长得个子不高，而且很不显眼。刚才查房时，孙逸民就没有注意到尾随在自己身后的还有这个住院医。后来进了办公室，谈了这么长时间，他也没有注意到参加会的还有这个陆文婷大夫。

"三床？"孙逸民侧过脸望着总住院医生。

"三床是工伤。"总住院医答道。

"门诊收住院时，给他照过片子。"陆文婷说，"放射科的报告是未见金属异物。住院后，伤口缝合了，病人还是嚷痛。我又给他做了无骨照相，我认为确实有异物。请孙主任再看看。"

片子被取来了。孙主任看了，在场的总住院医和主治大夫们都轮流看着。

姜亚芬直拿大眼瞪自己的同学，心说：你不会等会后再给孙主任看，万一你判断错了，就在全科闹下话柄；就算你诊断对了,那也等于说人家门诊的大夫不够仔细,人家可是主治大夫呀!

"你的看法对,是有异物。"孙逸民又接过片子来,点着头。然后,他环视着在场的大夫说道:"陆大夫到眼科不久,肯钻研业务,对工作认真细致,这是很可贵的。"

听到这话,陆文婷反低下了头。她没有想到孙主任会当众表扬自己,一时脸红了。孙主任看着她那神情却微微笑了。他也很明白,这个住院医敢于对主治医的诊断怀疑,不仅要有对病人的高度责任心,还需要极大的勇气。

医院与别的单位不同,一级一级,等级森严。这倒也没有什么明文规定,然而,低年大夫要服从高年大夫;住院医要听主治医的;教授、副教授的意见则是不容辩驳的;如此等等。这个还算不上高年大夫的陆文婷竟然能对主治医的诊断提出不同看法,不能不引起孙逸民格外的重视。

"她是一个很有希望的眼科大夫。"从那时起,孙主任就对陆文婷下了这样的断语。

如今,转瞬之间十八年过去了。陆文婷、姜亚芬这批大夫,已经成为这所医院眼科的骨干。按规定,如果凭考试晋升,她们早就应该是主任级大夫了。可是,实际上她们不仅不是主任级大夫,连主治大夫都不是。她们是十八年一贯的住院大夫。"文化革命"砍断了她们晋级的阶梯,粉碎"四人帮"后的春雨还没有来得及洒到这些多年的住院医的身上。

"一茎瘦草!"望着奄奄一息的陆文婷,一种怜悯之情,从他心中油然而生。孙逸民拉住内科主任问道:

"你看她,还不至于……"

内科主任回头朝病房望了望,叹了口气,又摇着头低声说:

"孙老,只希望她很快脱离危险吧!"

孙逸民忧心忡忡地又回身往病房走来。他的步履变得沉重,看上去真是老态龙钟了。到门边,他一眼看见姜亚芬还偎在陆文婷枕边,就站住了,没有前去惊动这两个挚友。

深秋天气,昼短夜长。五点多钟,天已经暗了下来。秋风吹动着窗外的梧桐树叶,沙沙地响。一片、两片、三片……枯黄的叶儿在秋风中飘落了。

孙主任眼望窗外飘落下的黄叶,耳听那如泣如诉的沙沙沙的声响,感到一阵从来未曾有过的怅惘。他面前的这两位骨干,两名有造就的眼科医生,一个已经倒下去了,能不能再站起来,尚不可知;一个即将离去,能不能再回来,亦不可料。她们是支撑着这著名医院眼科的两根柱子。撤掉了这两根柱子,他感到整个眼科就如同那秋风中的梧桐,正在一天天地衰落下去。

五

蒙眬之中,陆文婷大夫觉得自己走在一条漫长的路上,没有边际,没有尽头。

这不是崎岖的山路。山路尽管险峻难攀,却是千回百折,令人意气风发。这也不是田间的小道。小道尽管狭窄难行,却有稻花飘香,令人心旷神怡。这是一步一坑的沙滩,这是举步难行的泥潭,这是无边无沿的荒原。极目远眺,人迹渺无,只有死一般的沉寂。啊！多么难走的路，多么累人的路！

歇下来吧，躺下来吧！沙滩是和暖的，泥潭是柔软的。让大地温暖你冰冷的身躯，让春光抚摸你劳累的筋骨。她好像听见死神在冥冥之中低声轻唤着她的名字：

"安歇吧，陆大夫！"

啊！这么歇下来多么好，永远歇下来。什么也不想，什么也不知道。没有烦恼，没有悲伤，没有劳累。

可是，不行啊！在那漫长道路的尽头，病人在等着她。她好像看见了，那病人正因双目刺痛辗转不安；她好像看见了，那病人在面临失明的威胁而暗自饮泣。她看见了，看见了一双双望穿秋水的焦急的眼睛，在等着她，等着她的来临。她耳边只听见病人在绝望中的呼喊："陆大夫！陆大夫！"

这是神圣的召唤，这是不可抗拒的命令。她抬起麻木的双腿，继续在长长的路上艰难地行走。从家门到医院，从门诊到病房，从这个医疗点到那个巡回的地方，每天，每月，每年，走啊走啊……

"陆大夫！"

这又是谁在喊呢？好像是赵院长的声音。对了，是他来的电话。她记得，她在门诊护士长的台前放下了电话，把没有看完的病人交待给同诊室的姜亚芬，就向院长办公室走去了。

从眼科门诊到院长办公室，要经过一个小花园。她快步踏着园中小石子儿铺成的甬道，简直没有留心到那满园的菊花娇娜万朵，黄白争艳；也没有感到那从桂花树上飘来的阵阵清香；更没有看到那双双的蝴蝶在花丛中戏舞翩翩。她只想赶快走到院长办公室，赶快办完事，赶快回诊室。一上午要看完十七个病人，今天她才叫了七个号。明天就该轮到她去病房，门诊还有些病人需要交待安排。

她很快就到了院长办公室的门前，她记得自己好像没有敲门，就推开门径直往里走。立刻，她看见了迎面沙发上坐着的一男一女两位客人。她不由得在门边站住了，以为自己来得不是时候，转眼才看见赵院长斜身坐在皮转椅上。

"陆大夫，请进来呀！"赵院长回身笑着招呼她。

她走了进去，在靠窗的一把皮靠背椅上坐下了。

那间屋子好亮啊！又清洁又宽敞。那间屋子好静啊！没有门诊部那种杂乱的脚步声、乱哄哄的说话声和小病人的哭叫声。坐在那窗明几净的房间里，她感到一种异样的、很不习惯的恬静。

坐在那里的人们，也是那么温文尔雅，安安静静。赵院长总保持着学者的风度，挺直的脊背，和蔼的面容，金丝眼镜后面一双含笑的眼睛，头发梳理得很整齐。雪白的衬衣，乌黑的皮鞋，一身笔挺的浅灰色中山服。

那坐在沙发上的男客身材颀长，两鬓斑白，戴一副茶色眼镜，使人看不见他的目光。但是陆文婷一望而知，这是一位眼科的病人。只见他斜倚在沙发靠背上，无意地摆弄着身边的手杖，心平气和，举止安详。

坐在他身旁的女客五十多岁的样子。尽管上了年纪，仍是眉清目秀。染过的黑发经理发师稍稍冷烫过，既蓬松又不显轻浮时髦，十分得体。身上穿的是普通式样的干部服，但质地考究，剪裁合身，显得很有精神。

她记得，从自己一站在门口，这位女客的目光就跟踪着自己,从上到下地打量。而反映在那女客脸上的则是一种明显的疑虑、不安和失望。

"陆大夫,我来给你介绍一下。这位是焦副部长焦成思同志。这位是成思同志的爱人秦波同志。"

焦副部长?部长?是啊,在她十几年的医生生涯中,她曾为多少部长、书记、主任治过眼睛。她没有注意到这职称,只是习惯地想:他的眼睛怎么了?好像是失明?

"陆大夫,你现在是在门诊还是在病房?"赵院长问。

"今天还在门诊,明天就该上病房了。"

"正好。"赵院长笑道,"陆大夫,焦部长想在我们这儿做白内障手术。"

病情就是敌情。这一句话就等于把任务交给她了。她开始问诊了:

"是一个眼睛吗?"

"一个。"

"哪只眼睛?"

"左眼。"

"完全看不见了吗?"

那病人点了点头。

"以前在医院检查过吗?"

她记得,病人说了一个什么医院的名字。她就站了起来,准备走过去看那只眼睛。可是,好像出了什么事,没有看成。为什么没有看成呢?记起来了,是坐在一旁的秦波同志客客气气地把她拦住了。

"陆大夫,你先坐,坐嘛,不要急。要检查,恐怕还要到你们的暗室里去吧！"秦波笑了笑，又扭头说，"赵院长，老焦的眼睛一有病，我也成半个眼科大夫了。"

就这样，当时没有给焦副部长诊断。可是，在那间办公室坐了那么久，谈了些什么呢？对，秦波同志问了好些问题，问得真仔细啊！

"陆大夫，你在医院工作几年了？"

几年？她一时算不清了，她只记得自己是哪年毕业的，就那么回答了：

"我是六一年来的。"

"啊，六一年，那也有十八年了。"

秦波屈指算着，十分认真的样子。

她问这些干什么？只听赵院长从旁说道：

"陆大夫临床经验很丰富，手术做得很漂亮。"

赵院长为什么要当着病人这么夸赞自己？这有什么必要呢？

秦波同志又问道：

"你身体好像不大好，陆大夫？"

这又是什么意思？她整天给别人治病，很少研究自己的健康。本院的保健科甚至没有她的病历档案，也从未有上一级的领导问过她的身体状况。怎么面前坐的这位初次见面的客人忽然关心起自己的身体来了？她迟疑了一下，记得是回答说：

"我身体很好。"

赵院长在一旁又说话了：

"她在我们这儿，就算身强力壮的了。陆大夫，我记得，你这几年一直是全勤。"

她没有回答。她闹不明白，全勤不全勤，身体好不好，和面前的这位夫人有什么关系呢？她记得，当时只是很着急，担心姜亚芬一个人看不完那些病人。

那夫人盯着她，笑了笑，又问道：

"陆大夫，对于白内障手术，你有把握吗？"

把握？又是一个叫人难以回答的问题。的确，在她做过的多少次白内障摘除手术中，还从来没有发生过意外的事故。可是，不怕一万，只怕万一，任何意外的情况都是可能发生的。如果病人配合得不好，或者麻醉的大意，都可能使眼内溶物脱出。

她不记得自己回答没有了，只记得秦波那一双包在皱褶里的眼睛，那双眼睛很大，闪着两道不信任的亮光，盯着自己一眨也不眨。这使她感到难以忍受。她接触过各式各样的病人，感到最难缠的就是一些高干夫人。不过，她接触得多了，也就习以为常。当她正考虑怎么委婉答复时，她记得，就在这时，焦副部长不耐烦地把身子在沙发上挪动了一下，朝秦波那边扭过头去。这一来，那夫人不说话了，眼睛也从自己身上移开了。

这场很难进行下去的谈话是怎么结束的呢？不记得了。对了，是姜亚芬跑来了，她探进半个身子，叫道：

"陆大夫，你约的那个张大爷又来了，他非等你不可。"

记得秦波立即客气地说：

"陆大夫有事，那就先忙去吧！"

她赶忙起身离开了这间明亮宽大的办公室，只感到这里的空气令人窒息，叫人透不过气来。

啊！多么憋闷！

六

赵天辉院长赶在下班前，匆匆忙忙来到内科病房。

"孙老，陆大夫身体一向不错，怎么突然就病倒了？"赵天辉两手插在白大褂的衣兜里，一边同孙逸民谈着，一边向病房走去。他比孙逸民小八岁，看上去却年轻得多，声音也洪亮得多。

"这是一个信号啊！"赵天辉摇摇头又说，"中年大夫，是我们医院的骨干力量，工作上担子重，生活负担也最重，身体素质一年不如一年。长此以往，一个个病倒了，你这位主任，我这个院长就没法办了。陆大夫家里几口人？住几间房？"

他侧身看了看心情沉重、面带愁容的孙逸民，又说：

"什么？四口人一间房？是啊，是啊，是这个情况。工资呢？工资多少？五十六块半？你看，你看，难怪人家说拿手术刀的不如拿剃头刀的，真是一点不假。嗯？去年调工资，怎么没给她调？"

"僧多粥少，调不过来。"孙逸民冷冷地说。

"唉！真是个问题啊！孙老，我看就请你和支部的同志商量一下，在眼科搞个中年大夫的调查，他们的工作情况、收入情况、生活情况，还有住房情况，搞个材料给我！"

"这有用吗？我记得这种材料，开科学大会的时候就让写过，交上去不也就完了。"孙逸民客气地反驳着，眼睛看着地面，不看身边的人。

"孙老，你就不要带头发牢骚了嘛！有个材料总比没有材料好。我拿了它去找市委，找卫生部去，见庙就烧香，见神就磕头。求爷爷，告奶奶，也要把这张状子递上去。中央三令五申，要珍惜人才，落实知识分子政策，改善科技人员待遇，总不能到了下边就变成一句空话吧！前天还传达市委开会的精神，要重视中年干部。我还是相信，有办法的，会解决的。"

赵天辉挽着孙逸民的手臂，跨进陆文婷的病房，才停了话头。

傅家杰早已站了起来，赵天辉冲他挥了挥手，就一直走近床边，弯下腰去，端详着病人的脸色，又从值班大夫手上接过病历。这时，他已经丢掉院长的身份，进入大夫的角色。

赵天辉是国内著名的胸科专家。全国解放时，他从国外学成归来，以自己精湛的医术服务于新生的人民共和国。他的政治热情很高，五十年代中期就被视为又红又专的典范，入了党，后来又被任命为院长。自从担任了这个行政职务，一大堆行政管理事务和会议压下来，使他除了参加重要的会诊，就很少有机会接触病人了。那十年，住"牛棚"，扫院子，自然谈不上发挥他的专长。这三年又处在拨乱反正的特殊历史时期，身为一院之长，每天处理成堆的问题，根本没有时间和精力上手术台了。

现在，赵院长亲自来到病房，显然是为陆大夫看病来了。内科病房的大夫都被吸引了出来，在他身后围了一圈，悄悄地观摩他的临床诊断。

然而，他似乎有些令人失望。他看完病房记录和心电图记

录,又看了看心电监视仪的荧光屏,只嘱咐要继续密切监视心电变化,防止出现合并症,就回头问孙逸民:

"她爱人来了吗?"

孙逸民把傅家杰拉到前边来作了介绍,赵天辉才知道他原来就是陆大夫的爱人。他打量着傅家杰,一眼就看到他的秃顶和额前的皱纹,心里有点奇怪,这个面目清秀的中年人怎么已经开始秃顶?看来,他不大会保养身体,当然也就不会知道怎样爱护自己的妻子。

"你要多辛苦了。"赵天辉握了握他的手说,"陆大夫需要绝对静卧,不能让她动,大小便,翻身,都要人,应该二十四小时都有专人护理。你在哪儿工作?需要跟你们单位领导讲一讲,这几天你不能上班了。当然,你一个人也不行,还得有人替你。你们家还有什么人没有?"

傅家杰摇摇头说:

"有两个孩子,都还小。"

赵天辉回头问孙逸民:

"眼科能不能抽人值班啊!"

"一天两天,当然是可以的。"孙逸民说,"长期值下去,人力就安排不过来了。"

"先顾眼前吧!"

赵天辉又回头凝望着陆文婷苍白的瘦脸,心里简直不能明白,这个以精力旺盛著名的小陆大夫,怎么突然间就病成这样?

他脑子里闪过一个念头:会不会是给焦副部长做手术,心里过于紧张了?不可能呀!陆大夫不是一个新手,即便是个新手，也很少发生因手术时精神负担过重，导致心肌梗塞。更何况，心肌梗塞的发病常常来得很突然，不一定有什么诱发因素。

他想排除这种念头，但是，不行。不知为什么，焦部长的手术和陆大夫的病总是绞在一起，好像有什么必然的联系。他甚至有些后悔，当初不该竭力推荐她。而且事实上，那位副部长夫人从一开始就不愿意让她做手术。

"赵院长，我想问一下，陆大夫是副主任吗？"那天，陆文婷走后，秦波就是这样提出问题的。

"不是。"

"那么，她是主治大夫吗？"

"不是。"

"是党员吧？"

"也不是。"

"我的同志哟！"秦波不大客气地说，"我们都是共产党员，恕我直言，让一个普普通通的大夫来给焦部长动手术，这，是不是有些考虑不周……"

她的话被焦成思手杖"笃、笃"戳地的声音打断了。焦副部长把头扭向他夫人这边，生气地说：

"秦波，你说些什么？听医院安排嘛！谁做不都一样。"

秦波并不屈服，她向焦成思开起连珠炮来：

"老焦，我就不赞成你这种无所谓的态度。这是对自己的眼睛不负责嘛！身体是革命的本钱。我们要对革命负责，对党负责！"

眼看老首长两口子要开战，赵天辉不得不过来劝解。他笑道：

"秦波同志，请你相信我们。陆大夫虽然只是一个普通的大夫，却是我们眼科的一把好刀。她做白内障手术是很有把握的，请放心吧！"

"不是我不放心。赵院长，也不是我替老焦考虑过多。"秦波叹口气说，"我在干校的时候，有个老同志，也是白内障。当时，不准他回北京，就在当地一个小医院开刀。结果，手术没做完，眼珠掉出来了。赵院长，老焦被'四人帮'关了七年，刚出来工作不久，他可不能没有眼睛啊！"

"不会的，秦波同志，我们医院很少有这样的事故。"

秦波考虑了一下，还是力争着：

"赵院长，能不能请眼科孙主任亲自替老焦动这个手术？"

赵天辉摇摇头，笑了笑说：

"孙主任已经快七十了。他自己的眼睛也不行了。再说，他已经好几年没上手术台。他现在的任务是搞点学术研究，带好这一批中青年大夫，还有教学的任务。让他做手术，老实说，还不如让陆大夫做更有把握。"

"要不，请郭大夫做，行不行？"

"郭大夫？"赵天辉一愣。

看来，这位副部长夫人对这里的眼科很作了一番调查。她提示说：

"郭汝清。"

赵天辉两手一摊说：

"郭大夫出国了。"

秦波仍不罢休，她急切地问：

"他什么时候回国？"

"不回国了。"

"为什么？"秦波瞪大眼问道。

赵天辉把头摇了摇，叹道：

"郭大夫的爱人是个归国华侨。她父亲在东南亚开一间杂货铺，不久前病故了。两个月以前，他们申请出国继承遗产，被批准走了。"

"放着大夫不当，去当杂货铺老板，简直不可理解。"焦成思感慨地说。

"在卫生界，这已经不是个别的了。拿我们医院来说，已经批准出国和正在申请要走的，就有好几个了。而且，还都是我们医院的骨干，业务上拿得起来的呀！"

"这些人，真不知是什么想法？"秦波颇有些愤愤然了。

焦成思把手中的拐杖扬了扬，脸向着赵天辉，说道：

"五十年代初，你们这批知识分子，冲破重重阻力，回来为建设新中国服务。想不到七十年代末，我们自己培养的知识分子又往外跑，这个教训太深刻了。"

"这么下去怎么得了？"秦波说，"我看还是应该加强思想政治工作。我的同志哟，粉碎'四人帮'以后，知识分子的地位大大提高了，随着四化的实现，生活条件、学习条件都会改善的嘛。"

"是啊。我们党委讨论的时候，也是这个看法。"赵天辉说，"郭大夫走之前，我代表党委找他谈过两次，再三表示挽留，可是没有用啊！"

秦波还想发点议论，焦成思晃了晃自己的手杖拦住她说：

"赵院长,我来找你们,倒不是非想找个什么专家教授。我对你们医院信得过,或者说有一种特殊的感情。前几年,我右边这只眼睛白内障,就是在你们医院做的,手术很不错。"

"哦!那是谁做的?"赵天辉忙问。

焦成思深为遗憾地说:

"可惜啊,我到现在还不知道她姓什么。"

"那好办,查一查病历就知道了。"

赵天辉拿起电话,他想,只要把那位大夫找来,焦副部长的夫人总该放心了吧!

焦成思对赵院长连连摆手说:

"你不用查了,你也查不到。那时是在你们门诊做的手术,根本没有病历。只记得,是个女同志,说话带南方口音。"

"这就不好找了。"赵天辉放下电话,笑道,"我们这里南方口音的女同志很多,陆大夫就是南方人。就让她做吧!"

当秦波扶着焦副部长站起来时,他们接受了赵院长的意见,让陆文婷大夫来给做这个手术。

也许,就因为这个手术使她心肌梗塞?赵天辉自己想着,又摇摇头,觉得不可能。这样的手术她做过上百次了,不会那么紧张。再说,那天手术前自己还亲自去了,他看见这位女大夫走上手术台时从容不迫,很有信心,精神也很好。怎么可能发生这样意外的不测呢?

赵天辉又把关切的目光停留在陆文婷脸上。他感到,即便是在这生死线上,陆文婷大夫的脸色仍是从容的,好像没有什么病痛,只是安安静静地酣睡在温柔的梦乡。

七

她素来是从容的,沉静的。想让陆文婷大夫生气,在眼科工作过的同志都知道,几乎是不可能的。

秦波对她的挑剔和轻侮,换了别人,十有八九会当面顶撞,即使不说出口,也会怒形于色,或者过后愤愤不平,耿耿于怀。陆文婷呢?她从院长办公室出来的时候心平似镜,一如往常。她没有把替焦副部长做手术,看作是不可多得的荣誉;也没有把秦波的刁难,视为难以忍受的凌辱。手术做不做,要看病人自愿,愿意做就做,不愿意做就不做,这有什么呢?

"怎么,又找你做手术,什么大官儿呀?"姜亚芬见她出来,便悄悄问道。

"还没定做不做呢。"

"快走吧!"姜亚芬拉着她说,"你约的那个老大爷,真难办,简直跟他讲不清,他坚决不做手术了。"

"那怎么行?他是外地来的,花了那么多路费,能治不治,我们也没尽到责任。"

"那你去说服吧!"

回到门诊部,穿过坐满了候诊病人的过道时,一些熟悉的病人早已站起来向她们致意。她俩含笑四顾,点头招呼着。陆文婷进到自己的诊室,正低声回答着一个年轻病人的问题。忽然从身后响起了一个洪亮的喊声:

"陆大夫!"

这一嗓子把病人和大夫的目光都吸引了过去。只见一个高大结实的汉子摸索着朝诊室门口走来。这病人身穿青布裤褂，头缠白色毛巾，肩宽腰圆，五十多岁的样子。他那比人高出一头的个子本来就引人注目，加上这一声喊，两边的人都给他让开了路。但他双目几近失明，不知这么多人在看自己，只伸出两只大手，迎着陆文婷说话的声音摸去。

陆文婷忙转身迎出去，双手扶住这盲人，说：

"张大爷，快坐下吧！"

"您坐，陆大夫！俺找您，说个情况。"

"说吧，坐下说。"陆文婷搀扶着老汉在长椅上坐下。

"陆大夫，是这么回事儿。我在这儿也住了不少日子了。我寻思，还是先回去吧，赶明儿再来……"

"那怎么行？张大爷，您这么远跑到北京，花了这么多路费……"

"谁说不是呢！"不等陆文婷说完，张老汉拍着自己的膝盖抢过话说，"我是想着，回去再干一秋活儿，挣点分儿。您别瞧我眼神不济，摸摸索索也能干，队上派活挺照顾我。陆大夫，我拿定主意先回去，可一想，怎么也得来跟您说一声儿。为俺这双眼睛，真没叫您少操心。"

张老汉患角膜溃疡多年，瘢痕很厚，久治不愈。陆文婷在那里巡回医疗时，曾建议他移植角膜。老汉就是为做这个手术来的。

"张大爷，您儿子花了这么多钱，让您到这儿治病，没治好就回去了，我们也过意不去啊！"

"嗐，有您这份儿心，啥都有了。"

陆文婷笑笑，拍着老汉的胳膊说：

"眼睛治好了，您干活就不用人家照顾了。您身体这么好，还能干他二十年呢！"

张老汉呵呵笑了起来，连声答道：

"那敢情！要不是两眼不争气，啥活儿也难不住我！"

陆文婷笑道：

"那就还是做吧！"

张老汉放低了声音，说道：

"陆大夫，我拿您也不当外人，俺就实话实说吧，俺愁的就是钱。俺这趟治病，全靠自个儿掏，老在北京住店，住不起呀！"

陆文婷愣了一下，马上又说：

"张大爷，您别着急，我已经查过预约本了，这回该轮到您了。这两天，只要有材料，就马上给您做手术，行吧？"

张老汉被说服了，陆文婷把他送到走廊外，转身回来时，被一个十一二岁的漂亮小女孩拦住了。

这孩子长得可真俊。圆鼓鼓红扑扑的脸儿，黑眉毛高鼻梁配上一个红嘴唇儿，一只双眼皮儿大眼睛滴溜溜水汪汪的。可惜，另一只眼却向外斜着。她穿着医院的白裤褂躲躲闪闪地叫：

"陆大夫！"

"王小嫚，你怎么跑出来了？"陆文婷向她走去。这是她昨天收进来的小病人。

"我害怕，我要回家！"说着，王小嫚抹起眼泪儿来了，"我，不做手术了。"

陆文婷搂住这女孩子的肩膀问：

"来，告诉阿姨，怎么又不想做手术啦？"

"我怕疼。"

"傻丫头！不疼。到时候我给你打麻药。保证一点儿都不疼！"陆文婷拍拍她的头，又弯腰凝视着这张小脸儿，像在惋惜地欣赏一件不小心弄坏了的艺术品似的，不无遗憾地说，"你看，就是这只眼睛！王小嫚，等阿姨给你矫正过来，跟那边的眼睛一样，你看，多好！快回病房去，听话，啊！医院不准乱跑的。"

王小嫚擦干眼泪走了，陆文婷才回到自己的诊桌，一个一个地叫号。

这两天病人很多。今天也一样。她必须抓紧时间，把刚才去院长办公室耽误了的时间补回来。她忘记了焦副部长，忘记了秦波，也忘记了自己，只一个接一个地看下去。问明情况，带到暗室，开药方，给预约号，一个接一个……

"陆大夫，你的电话！"护士跑来叫她。

"请你稍等一下。"陆文婷向病人打了招呼，跑过去拿起听筒。

"佳佳病了，昨天晚上就发烧。"托儿所的阿姨在电话里说，"我们知道你工作很忙，没敢告诉你，带她去看了急诊，打了针。可是，现在还不退烧，老哼哼，要找妈妈，你能不能来看看。"

"好的，我就来。"她放下了电话。

可是，她并没有去托儿所。这么多病人压着，怎么能丢下走开？她又拿起电话，拨通傅家杰机关的号码，那边告诉她傅家杰外出开会去了。她只好挂上了电话。

"谁来的电话？有事儿吗？"姜亚芬问。

"没什么。"她答道。

她从来不麻烦别人，也从来不麻烦组织。"先把病人看完了，再上托儿所也行。"她想着，又坐回到诊桌旁，继续看病。开始，哼哼的佳佳，哭喊妈妈的佳佳，还在她脑子里转。后来，一双双病人的眼睛取代了佳佳的位置，直到把所有的病人都看完了，陆文婷才急急忙忙赶到托儿所去。

八

"陆大夫，你怎么才来呀？"托儿所的阿姨抱怨地说。

她冲向隔离室，只见小佳佳一个人冷冷清清地躺在小床上。她的小脸蛋儿烧得彤红，小嘴唇儿张着，小鼻子吃力地扇动着，眼睛却闭得紧紧的。

"佳佳，妈妈来了！"陆文婷扑到小床栏杆上。

佳佳的小脑袋在枕头上动了动。她沙哑地喊了一声：

"妈——妈——，回家！"

"回家，回家！"她急忙抱起小佳佳，转回本院儿科看急诊。

"肺炎。"儿科的大夫同情地说，"陆大夫，要好好护理几天啊！"

她点点头，给佳佳打了针，取了药，走出儿科急诊室。

中午时，医院安静下来。门诊的病人走了，住院的病人睡了，医护人员也各自奔回家或者找地方休息去了。偌大的一个院子显得空落落的，只有一些不知疲倦的麻雀在梧桐树上叫着，逍遥自在地飞来飞去。原来，在这大楼林立、空气污染、充满噪音的市区，也还有大自然的造物在与人类争妍。陆文婷心中觉得奇怪，怎么天天在医院走来走去，竟没有发现这里还有鸟儿？

她抱着孩子站在院子当中，不知该往哪儿去。回托儿所吧，想到病成这样的孩子，独自单单地躺在隔离室，于心不忍；抱回家去吧，下午还要上班，谁来照顾她。

愣了片刻，她狠了狠心，朝托儿所走去。

伏在她肩上、垂着头的佳佳，忽然大哭起来：

"我不上托儿所，不上……"

"佳佳，乖，听话……"

"不，不，我回家！"佳佳两腿乱踢起来。

"好，回家，回家。"陆文婷只好抱着佳佳朝回家的路上走去。

从医院到家里，要穿过繁华的商业大街。新竖的巨幅时装广告，大街两旁琳琅满目的陈列橱窗，以及人行道上农民自由出售的活鸡活鱼、瓜子、花生等等稀缺的农副产品，陆文婷都一概视而不见。自从有了两个孩子，月月入不敷出，她就同高档商品无缘了。此刻她怀里抱着佳佳，心里惦着园园，更是目不斜视，行色匆匆。

回到家里，已经快一点了。园园噘着嘴说：

"妈，你怎么才回来？"

"你没看见小妹病了吗？"陆文婷瞪了园园一眼，忙给佳佳脱了衣服，把她放在床上，替她盖上被子。

园园站在桌边，着急地说：

"妈，快做饭呀！要迟到了！"

陆文婷心烦意乱，不由得吼了一声：

"催！你就会催！"

园园又委屈又着急，眼圈儿一红，眼泪儿就在眼眶里打起转来。

陆文婷顾不上去理他，走出房门打开蜂窝煤炉。封闭了一上午的煤块已经奄奄一息，火是一时上不来了。她再掀开锅盖，打开碗橱，全都空空如也，连一点剩菜剩饭都没有了。

她又转身进屋，看见儿子仍站在那里伤心，心里感到内疚。孩子是无辜的，自己为什么拿他出气呢？

近年来，她越来越感到家务劳动的负担沉重。"文化革命"那些年，傅家杰的实验室被造反的人们封闭了。他研究的专题也被取消了。他变成了"八九二三部队"的成员。每天八点上班，九点下班；二点上班，三点下班。他整天无所事事，把全部精力和聪明才智都用在家务上了。一日三餐他包了，还学会了做棉裤、织毛衣。这倒使陆文婷免去了后顾之忧。粉碎"四人帮"以后，科研工作要大上，傅家杰被视为骨干，他的科研项目被列为重点，又成了忙人。这样，家务劳动的重担又有很大一部分压到陆文婷肩上。

每天中午，不论酷暑和严寒，陆文婷往返奔波在医院和家庭之间，放下手术刀拿起切菜刀，脱下白大褂系上蓝围裙。可以毫不夸张地说，这是分秒必争的战斗。从捅开炉子，到饭菜上桌，这一切必须在五十分钟内完成。这样，园园才能按时上学，家杰才能蹬车赶回研究所，她也才能准时到医院，穿上白大褂坐在诊室里，迎接第一个病人。

一遇到今天的情况，全家就有面临饥饿的危险。她叹了口气，从抽屉里拿出点零钱说：

"园园，你自己去买个烧饼吃吧！"

园园接过钱，正往外走，又回过身来问：

"妈，你吃什么呀？"

"我不饿。"

"也给你买个烧饼吧！"

一会儿，园园给她送回一个烧饼，自己一边吃一边上学去了。

陆文婷啃着干硬的冷烧饼，呆呆地望着这间十二平方米的小屋。

对于生活，她和他都没有非分的企求。他们结婚的时候，就住在这间屋子里。房间没有沙发，没有大立柜，没有新桌椅，甚至没有新铺盖。两个人把自己平日的被褥集中到一起，就开始了新的生活。

他们的被褥是单薄的，他们的书籍是丰厚的。院里的陈大妈说："一对书呆子，怎么过日子哟！"而他们觉得，日子美得很。一间小屋，足以安身；两身布衣，足以御寒；三餐粗饭，足以充饥。这就够了。

他们视为珍宝的，是属于自己支配的时间。每天晚上，这陋室里就铺开了两摊子。陆文婷占据了唯一的一张三屉桌，借助于外文词典，阅读国外眼科医学文献，贪婪地在自己的本子上记下有用的资料。傅家杰屈居于床边的一叠箱子上，把一本本参考书摊在床上，研究他的金属断裂专题。院里那些调皮的孩子们，常常来窥探这对新婚夫妇的秘密，他们看到的总是这样一幅夜读图。

对于他们来说,能够有一张平静的书桌读一点书,能够不受干扰地开一个夜车研究一点学问,这一天就过得非常充实。尽管没有地方给他们发夜班津贴,她和他天天工作到深夜,把一天变成两天,从不吝惜自己的健康和精力。夏天的晚上,邻居们在院子里乘凉。香茶、团扇,徐徐的晚风,明亮的星星,有趣的新闻,海阔天空的闲扯,都不能把这对"书呆子"从闷热的小屋里吸引出来。

啊!多么安宁的日子,多么充实的夜晚,多么难得的生活。它刚刚开始,却又匆匆离去。

两个新的生命,相继来到这间小屋。园园和佳佳,多么逗人疼爱的两个小人儿!不能说孩子的降临没有给这个小家庭带来欢乐,但是,他们也带来了混乱和灾难。小屋里挤进一张小孩床,后来又换成了单人床,几乎没有转身之地了。屋内空中挂起了"万国旗",瓶瓶罐罐堆起来。孩子的哭声、嬉笑声、吵闹声,破坏了这小屋的宁静。

傅家杰是体贴的。他在屋里拉起一块绿色的塑料布,把三屉桌挪到布幔后面,希望能在这瓶瓶罐罐、哭哭啼啼的世界里,为妻子另辟一块安定的绿洲,使她能像以前一样夜夜攻读。这谈何容易!

但是,一个眼科大夫,不掌握各国眼科医学的新成果,怎么能开阔自己的眼界,结合自己的临床经验,作出新的贡献呢?她常常强迫自己躲在布幔后面,把自己隔离起来,直至深夜。

当园园成为一名小学生以后,这张珍贵的三屉桌的优先使用权属于了园园。只有等儿子功课做完了，腾出地方来，陆文婷才能打开自己的笔记本和借来的医学文献书籍。至于傅家杰，只好排在最后了。

啊！生活，你是多么艰难！

陆文婷啃着冷烧饼，望着窗台上的小闹钟：一点五分，一点十分，一点十五分了！怎么办？该上班去了？明天去病房，门诊还有好多事需要交待。可，佳佳交给谁？再给家杰打电话吗？附近没有电话。就算有电话，也不一定能找到他。再说，他已经耽误了十年，现在不该再占他的时间，不能再让他请假！

她双眉紧皱，一筹莫展了。

或许，一生的错误就在于结婚。不是人常说吗，结婚是恋爱的坟墓。那时候，自己是多么天真，总以为对别人来说，也许是如此。对自己来说，那是决不可能的。如果当时就慎重考虑一下，我们究竟有没有结婚的权力，我们的肩膀能不能承担起组成一个家庭的重担，也许就不会背起这沉重的十字架，在生活的道路上走得这么艰难！

闹钟无情地滴答着，已经一点二十分了！实在没办法，她只好找院里的陈大妈帮忙。陈大妈是街道积极分子，一向热心助人。以前每遇这种情况，也多亏了这位老大妈。可是，陈大妈坚持义务帮忙，从不接受任何形式的报酬，这使陆文婷总觉得于心有愧，也就尽量不去麻烦她。

今天又到了走投无路的时候，她只好去找这位好心肠的大妈。陈大妈满口答应：

"你尽管放心上班去，陆大夫！"

陆文婷把佳佳喜欢的小人书和积木放在小枕头边，又托付陈大妈按时给她喂药，便匆忙赶回医院。

她坐在诊桌旁时，心里还想着，一会儿跟护士长说一下，少叫几个号，我得早点回去。可是，病人一来，这一切又都忘了。

赵院长亲自打电话告诉她：焦副部长明天入院，请她准备手术。

秦波同志接连来了两次电话，询问手术前要注意什么事项，需要病人和病人家属作哪些配合，在精神上和物质上都需要做些什么准备？

这使她很难回答。她做过上百例这种手术，还很少有人向她提过这样的问题，只好答道：

"也没有什么要特别注意的。"

"嗯——怎么没有什么要特别注意的呢？我的同志哟，凡事预则立。思想准备充分一些总好嘛，是不是呀？我看，还是我来一下吧，咱们当面研究一次。"

陆文婷不得不赶忙挡驾，对着话筒说：

"我这里还有很多病人。"

"那明天我们到医院再谈吧！"

"好。"

放下这叫人头疼的电话，她又回到诊桌旁边，一直看完最后一个病人。这时，天已经擦黑了。

她赶回家去。走到窗户底下就听见陈大妈正唱着自己即兴创作的儿歌：

"佳佳、佳佳
快长大，
赶明儿变个
科学家！"

佳佳"咯咯"地笑了起来。陆文婷心中感激万分，忙进屋谢了大妈，又摸摸孩子的额头，烧也退了些，她才松了口气。

给孩子打完针，傅家杰回来了。跟着又来了两位客人——姜亚芬和她的爱人刘学尧大夫。

"我是来向你告别的。"姜亚芬说。

"你要上哪儿去呀？"陆文婷问。

"我们申请去加拿大，护照批下来了。"姜亚芬的眼睛埋下，望着地面说。

刘学尧的父亲在加拿大行医，陆文婷是知道的。他几次来信要刘学尧夫妇去国外，她也听说过。但是，他们真的要走，却是她意想不到的。

"去多久？什么时候回来？"她问。

"可能就一去不回了。"刘学尧做出轻松的样子耸了耸肩膀答道。

陆文婷盯着自己的好朋友问道：

"亚芬，为什么你早没告诉我？"

"怕你劝阻我，更怕我自己动摇。"姜亚芬仍是躲开陆文婷的目光，眼睛盯着地面，好像要把这地望穿。

刘学尧从提包里拿出一包一包的卤菜，最后拿出一瓶葡萄酒来，兴致勃勃地说：

"你们还没做饭吧？正好，我借贵方一块宝地，举行告别宴会。"

九

这是一次含泪的晚宴。

与其说他们喝的是酒，不如说他们咽下的是泪；与其说他们吃的是美味的菜肴，不如说他们嚼的是人生的苦果。

佳佳睡着了，园园上邻家看电视去了。刘学尧举起酒杯，望着杯中的酒，感慨万端地说：

"人生，人生，人生真是难以预料啊！我父亲是个医生，古文底子很厚。我从小喜爱诗词歌赋，一心想当文人，可是命中注定要我继承父业，一晃三十多年。家严一生为人谨慎，他处世的格言是'言多必失'。可惜，这一点，我没有学来！我爱说，爱提意见，结果是祸从口出，每次运动都挨上。五七年毕业时差点成了右派，'文化革命'更不用说，又脱了一层皮。我是个中国人，不敢说有多么高的政治觉悟，可总还是爱国的，真心希望我的祖国富强起来。连我自己也想不到，在我快五十岁的时候，忽然会远离我的祖国。"

"不能不走吗？"陆文婷轻轻地说。

"是啊，为什么非走不可呢？我自己跟自己辩论过无数次了。"刘学尧晃动着手内半杯殷红的葡萄酒，又说，"我已经过了大半辈子，还能活几年？为什么要把骨灰扔进异国他乡的土壤？"

一桌人都默默不语，听着刘学尧抒发他的离别愁情。可是，他忽然缄口不言，仰脖把半杯剩酒一干而尽，才吐出一句话来：

"你们骂我吧！我是中华民族不肖的子孙！"

"老刘！别这么说，这些年你的遭遇，我们都知道的。"傅家杰给他酙上酒说，"现在黑暗已经过去，光明已经来到，一切都会好起来的。"

"这我相信。"刘学尧点点头，"可是，光明什么时候才能照到我家门前？什么时候才能照到我女儿身上？我等不及啊！"

"不谈这些吧！"陆文婷猜想刘学尧非要出国不可的理由，可能是为了他那唯一的女儿，觉得不便深谈，便岔开话说，"我从来不喝酒，亚芬和你要走了，今天我要敬你们一杯！"

"不，应该我敬你一杯！"刘学尧按住酒杯说，"你是我们医院的支柱，是中华医学的新秀！"

"你喝醉了！"陆文婷笑道。

"不，我没有醉。"

半天没有开口的姜亚芬，也举杯说道：

"我诚心诚意为文婷干一杯！为了我们二十多年的友谊，也为了未来的眼科专家！"

"哎呀！你们这是干吗？我算什么呀？"陆文婷连连摆着手说。

"算什么？"刘学尧真有点醉似的，愤愤地说，"像你这样身居陋室，任劳任怨，不计名位，不计报酬，一心苦干的大夫，真可以说是孺子牛，吃的是草，挤的是奶。这是鲁迅先生的话，对不对，傅家杰？"

傅家杰默默地独自喝着酒，点了点头。

"这样的人太多了，又不是我一个。"陆文婷仍笑着说。

"正因为这样，我们的民族才是伟大的民族！"刘学尧又喝了一杯。

姜亚芬望着熟睡在床上的佳佳，不无伤感地叹道：

"就是嘛，宁肯耽误自己孩子的病，也不肯误了给别人治病。"

刘学尧站起来，给所有人酙满酒，说道："这就是宁肯牺牲自己，也要普救天下。"

"你们今天怎么回事？专门抬我？"陆文婷笑着指指傅家杰说，"你问他，我最自私了。我把丈夫打入厨房，我把孩子变成了'拉兹'，全家都跟着我遭殃。说实话，我是个不称职的妻子，也是个不称职的妈妈。"

"你是一个称职的医生！"刘学尧叫道。

傅家杰又喝了一口酒，放下杯子说：

"这一点，我对你们医院是有意见的。大夫也有家，也有孩子。大夫的孩子也会生病，为什么从来没人关心过？"

"老傅啊！"刘学尧打断他的话，叫了起来，"如果我是赵院长，我首先给你发勋章，还要给园园、佳佳发勋章！是你们作出了牺牲，才使我们医院有了这么好的大夫……"

傅家杰抢过话来说：

"我不求勋章，也不要表扬。我只希望你们医院了解，作一个大夫的爱人，是多么不容易。且不说巡回医疗，抗灾救灾，一声令下，抬腿就走，家里一摊全撂下不管；就连平常手术台上下来，踏进家门，精疲力竭，做饭连手都抬不起来！试问：这种情况下，我不进厨房谁进厨房？说来真要感谢'文化革命'，给了我那么多时间，也把我练出来了。"

"亚芬早就说要给你摘掉'书呆子'的帽子。"刘学尧拍拍他的肩膀，笑道，"现在你是既能研究上天的尖端技术，又能深入厨房拳打脚踢，简直是一代共产主义新人在成长，谁说'文化革命'成绩不是主要的？"

傅家杰平日不沾酒，今天喝了一点，脸就红了。他拉着刘学尧的袖口笑道：

"对嘛，'文化革命'就是改造人的大革命。那几年，我不就被改造成家庭妇男了吗？不信，你们问文婷，我什么不干？什么不会？"

陆文婷听着这些含泪的笑谈，心里很苦。她不能制止他们。此时此刻，好像也只有这种过去的笑话才能冲淡离愁。见傅家杰含笑看着自己，只好勉强笑道：

"什么都会，就是不会纳鞋底。不然园园就不会老嚷买球鞋了。"

"这就是你的苛求了！"刘学尧一本正经地说，"傅家杰改造得再彻底，也不能像农村老太太那样，拿着鞋底到处转啊！"

"要不是粉碎了'四人帮'，说不定我还真拿着鞋底到研究所批判大会上纳去。"傅家杰说，"你们想，那种状况继续下去，科学、技术、知识统统打倒，不就剩下纳鞋底了吗？"

然而，这样伤心的笑谈又能持续多久呢？

他们谈到粉碎"四人帮"，谈到科学的春天到来，谈到

"臭老九"变成了"穷老三",谈到中年干部的疾苦,空气又沉闷起来。

"老刘,你认识的人多,可惜你要走了。"傅家杰又打起精神,拍着刘学尧的肩膀说,"我听说当保姆收入颇高。我真想托你打听一下,谁家要雇男保姆……"

"我走了不要紧。"刘学尧也拍着傅家杰的手说:"现在出了一张《市场报》,登待聘广告,你可以试一试。"

"那太好了!"傅家杰推了推宽边眼镜,嘻嘻哈哈地说,"本人大学毕业,精通两门外国语,擅长烹调蒸煮,缝纫洗涤,兼做男女粗细各种杂活。体格健壮,性情温和,勤劳勇敢,任劳任怨。最后一条,报酬面议。哈哈!"

姜亚芬默默地坐在一旁,不举杯,不动筷,看他们笑,自己也想笑,可是笑不出来。她碰了碰自己的丈夫说:

"别说这些了,有什么意思?"

"意思?这是一个普遍的社会现象啊!"刘学尧挥着手说,"中年,中年,现在从上到下,谁不说中年是我们国家的骨干?是各条战线的支柱?医院的手术靠中年大夫;重点科研项目压在中年科技人员身上;工厂的各种难活是中年工人顶着;学校的重点课程也要中年教师担当……"

"你少发点议论吧!一个大夫管那么多干吗?"姜亚芬打断他的话了。

刘学尧眯起眼,似醉非醉地说:

"陆放翁的名句:'位卑未敢忘忧国'呀!我是个无名医生,可我不敢忘却国家大事。我请问:谁都说中年是骨干,可他们的甘苦有谁知道?他们外有业务重担,内有家务重担;上要供养父母,下要抚育儿女。他们所以发挥骨干作用,不仅在于他们的经验,他们的才干,还在于他们忍受着生活的熬煎,作出了巨大的牺牲,包括他们的爱人和孩子也忍受了痛苦,作出了牺牲。"

陆文婷呆呆地听着,轻轻说了一句:

"可惜,能看到这一点的人太少了!"

傅家杰愣了一下,给刘学尧酙上酒,笑道:

"老刘,你不应该当医生,也不应该当文人,你应该去研究社会学。"

刘学尧苦笑道:

"那我就是大右派了!研究社会学,必然要研究社会的弊病啊!"

"找到了弊病,加以改进,社会才能前进。这是左派,不是右派!"傅家杰说。

"算啦,左派右派我都不想当,不过,我对社会问题的确有兴趣。你比如说中年问题。"刘学尧两个胳膊肘扒在桌沿上,玩着空酒杯,又滔滔不绝起来,"旧社会有句话:'人到中年万事休。'这反映了在那个社会里,我们的民族未老先衰。人才活到四十岁,就觉得这辈子完了,不能再有什么作为了。现在呢,可以改一个字,'人到中年万事忙'。对吧?四五十岁的人,知识比较多了,经验比较多了,加上年富力强,正是担当重任的时候。这也反映在新社会里我们的民族年轻了,富有青春的活力了。中年人,正是大显身手的时候。"

"高论!"傅家杰赞道。

"你别忙叫好,我还有谬论。"刘学尧按住傅家杰的胳膊,谈兴更高了,"单从这方面看,我们这一代中年可以说是生逢其时的幸运儿了。其实不然,这一代的中年人又是不幸的。"

"话都叫你说了!"姜亚芬又打断他。

傅家杰拦住姜亚芬说:

"我倒很想听听这个不幸。"

"不幸在于他们最能出成果的黄金岁月,被林彪、'四人帮'的动乱耽误了。"刘学尧长长叹了口气说,"像你吧,几乎成了无业游民。现在,这批中年人要肩负起'四化'的重任,不能不感到力不从心,智力、精力、体力都跟不上,这种超负荷运转,又是这一代中年的悲剧。"

"你们这些人也真难伺候!"姜亚芬笑道,"不用你们吧,你们发牢骚:又是怀才不遇啦,又是生不逢时啦!重用你们吧,反倒又叫苦连天:又是担子太重啦,又是待遇太低啦!"

"你就没有牢骚?"刘学尧反问她。

姜亚芬低头不语了。

从刘学尧的这通议论里,陆文婷又感到,他之所以非出去不可,可能不全是为了他女儿,也为了他自己。

刘学尧又举起杯来,叫道:

"来!为中年干一杯!"

十

这天晚上,客人走了,孩子睡了,陆文婷涮了锅,洗了碗，回到屋里，只见傅家杰歪身靠在床头，摸着自己的额头发呆。

"家杰，你在想什么？"陆文婷站在他面前，望着他忧郁的神色，吃惊地问。

傅家杰没有回答她的话，却问道：

"你还记得裴多菲那首诗吗？"

"记得。"

"我愿意是废墟……"傅家杰把手从额上放下说，"我现在真成废墟了。我已经不像中年人，好像是老年了。你看，头顶秃了，头发白了，额头的皱纹多深了呀，我自己都能摸出来。真像一片残垣断壁，一片荒废景象。"

啊，真的，他变得多么苍老啊！陆文婷心酸地扑到他身旁，抚着他的前额说：

"都是我不好，让家务把你拖垮了，都怪我！"

傅家杰取下她的手，温柔地捏在自己手中说：

"不，这不怪你。"

"我太自私了，只顾自己的业务。"陆文婷的眼睛离不开那印着皱廊的前额，声音颤抖着，"我有家，可是我的心思不在家里。不论我干什么家务事，缠在我脑子里的都是病人的眼睛，走到哪儿，都好像有几百双眼睛跟着我。真的，我只想我的病人，我没有尽到做妻子的责任，也没有尽到做母亲的责任……"

"别说傻话。你作出了多大的牺牲，只有我知道。"他忍住涌上眼眶的泪水，不说了。

陆文婷依偎在傅家杰胸前，伤心地说：

"你老了,我,我真不愿意你老……"

"不要紧,'只要我的爱人,是青春的常春藤,沿着我荒凉的额,亲密地攀援上升。'"他轻声地吟着他们喜爱的诗句。

秋夜,静静的。陆文婷倚在爱人的胸前睡着了。泪珠还凝结在她黑黑的睫毛上。傅家杰抬起身子,轻轻地让她在床上睡好。她睁开眼问:

"我睡着了吗?"

"你疲劳了。"

"不,我一点也不疲劳。"

傅家杰斜躺在床边,一手撑着自己的头,望着她说:

"金属也会疲劳。先产生疲劳显微裂纹,然后逐步扩展,到一定程度就发生断裂……"

疲劳、断裂,是傅家杰研究的专题,他常常挂在嘴边,从陆文婷耳边飘过。只有这一次,这些专有名词仿佛有着千钧重量,给她留下了深深的印记。

啊,多么可怕的疲劳,多么可怕的断裂。她觉得,在这悄静的夜晚,在这大千世界,几乎每个角落都有断裂的声音。负荷着巍巍大桥的支架在断裂,承受着万里钢轨的枕木在断裂,废墟上的陈砖在断裂,那在荒凉的废墟上攀援上升的常春藤也在断裂……

夜深了。

病房中的大吊灯熄灭了，只有墙上的壁灯放出蓝幽幽的暗光。

陆文婷躺在病床上，只觉得眼前有两点蓝蓝的光。时而像夏夜的萤火虫在飞跃，时而像荒原的磷火在闪烁，待到定睛看时，又变成了秦波那两道冷冷的目光。

秦波的目光是严厉的。但是，在焦副部长住进医院的那天上午，她把陆文婷叫去的时候，目光却是亲切的，温和的。

"陆大夫，你来了，快，先坐一会儿！老焦做心电图去了，一会儿就回来。"

当陆文婷跨上一幢十分幽静的小楼，穿过铺着暗红色地毡的过道，来到焦副部长住的高干病房门前时，秦波正坐在靠门的沙发上，她立刻起身，堆满笑容地接待了陆文婷。

秦波把陆文婷让到小沙发上坐下，自己也隔着茶几坐下了。可她立刻又站起来，走向床边，从床头柜里拿出一小筐橘子，放到茶几上说：

"来，吃个橘子！"

陆文婷摆了摆手，连说：

"不客气！"

"尝一个吧！这是老战友从南方带来的，很不错的。"说着，秦波亲自拣了一个递过来。

陆文婷只好把这黄澄澄的橘子接在手里。尽管今天秦波态度和蔼，陆文婷还是觉得背后冷飕飕的。那天初次见面时秦波的眼光好像两支冷箭一样至今还插在她背上。

"陆大夫，白内障到底是怎么一种病啊？我听一些医生说，怎么有的白内障还不能做手术？"秦波竭力用谦逊的声调问,那声音里甚至还含有讨好的成分。

"白内障就是眼睛里的晶体变得混浊了。"陆文婷看着手上的橘子说,"我们把混浊的程度不同分为初期、膨胀期、成熟期、过熟期,一般认为在成熟期做手术比较好……"

"哦,哦。"秦波点着头,又问道:"要是成熟期不做手术,再拖一拖又会怎么样呢?"

"那样不好。"陆文婷解释说,"到了过熟期,晶体缩小,晶体内部的皮质溶化,悬韧带松脆,手术就比较困难了,因为这时候晶体很容易脱位。"

"哦,哦!"秦波答应着,又点着头。

陆文婷感到她并没有听懂,也并不想弄懂。她为什么要问这些她并不懂得,也并不打算真正弄懂的问题呢?消磨时间吗?自己还有那么多事情在等着。刚到病房,病人情况需要了解,好多问题堆在脑子里,她真有点坐不住了。可是,她不能走,焦副部长也是病人,他的眼睛术前应该检查。他怎么还不回来呢?

"听说外国有一种人工晶体,"秦波想着,又说,"做完白内障手术,装上人工晶体,就可以不用配凸透镜了,是吧?"

陆文婷点头答道:

"对,我们也正在试验。"

秦波忙问:

"能不能给焦副部长装一个人工晶体?"

陆文婷微微一笑,说道:

"秦波同志,我才说了,这种手术我们正在试验阶段,给焦副部长装,合适吗?"

"那就算了。"秦波马上同意不在焦副部长身上做试验了。可是,她想了想,又问:"你看,焦部长这次手术,要采取一些什么措施?"

"采取什么措施?"陆文婷简直莫名其妙。

"我是说,要不要订一个什么手术方案。万一出现意外的情况,该怎么处理,事先安排好,免得到时候慌了手脚,乱了套。"秦波见陆文婷呆呆地望着自己,还不开窍的样子,就又补充说,"我看报上常登这方面的消息,有的还成立手术小组,先讨论方案嘛!"

陆文婷听到这里,不由笑道:

"这没有必要,白内障摘除是很一般的手术。"

秦波把头扭向一边,有点不高兴了。但她还是又把头转过来,心平气和地甚至笑了笑说:

"我的同志哟!不要轻敌嘛,唉?轻敌思想往往造成失败,这在我们党的历史上是有过的。……"

秦波耐心地做了一番思想工作,又引导陆文婷大夫去设想在什么情况下白内障手术容易遭致失败。

"如果病人有心脏病,或者血压很高,做手术就要考虑。"陆文婷说,"还有,要是病人有气管炎的话,也要治好咳嗽再做手术。要不然,伤口切开了,病人一咳嗽,眼内溶物很可能脱落出来。"

"我担心的就是这个啊!"秦波拍着沙发扶手,叫了起来,"焦副部长心脏不大好,血压也高。"

"手术前我们都要检查的。"陆文婷安慰她说。

"他还有气管炎。"

"这几天咳嗽厉害吗？"

"这几天倒没有，可是，万一上了手术台咳嗽呢？嗯？怎么办？"

这时，陆文婷真感到这位夫人不好对付了。你不知道她想什么，也不知道她哪来这么多担心？陆文婷看了一下手表，已经快下班了。她望着两扇落地式大玻璃窗旁一动不动的白纱窗帘，心中不免着急。她侧耳留神听着门外，一阵轻轻的脚步走来，又过去了。又过了好久，才看见门被推开，焦副部长披着蓝条子的毛巾睡衣，由保健护士搀着进来。

"怎么去了这么久？"秦波问。

焦成思同陆文婷握了握手，朝沙发上坐下去，有点疲倦地说：

"到了这里就要听医院的。抽血、透视、做心电图。我不用排队，够照顾的了。"

秦波赶忙递过一杯热茶，焦成思喝了一口，说道：

"其实，眼睛做个手术，也用不着这么兴师动众。"

陆文婷从护士手中接过病历，一边翻阅，一边说：

"胸部透视正常，心电图正常，血压稍高一点。"

"高多少？"秦波急忙问道。

"高压150，低压100，不妨碍做手术。"陆文婷又问，"焦副部长，你这几天咳嗽吗？"

"不咳嗽。"焦成思毫不犹豫地答道。

秦波马上盯问道：

"你能保证上了手术台一声不咳嗽？"

"这……"焦成思困惑了,不知该怎么回答。

"老焦,你可不要掉以轻心。"秦波严肃地说,"刚才陆大夫说了,上了手术台,你要是一咳嗽,眼珠就可能掉出来。"

"这,我怎么能保证呢?"焦成思转向陆文婷问道。

"也没有说得那么严重。"陆文婷说,"焦副部长,你是抽烟的吧?最好手术前不要抽烟。"

"这没有问题,我可以做到。"焦成思说。

秦波又马上盯问道:

"万一呢?万一你咳嗽起来怎么办?"

陆文婷笑道:

"秦波同志,这也不要紧。万一发生这种情况,我们可以立即把切口缝上,避免出危险。等咳嗽过后,打开再做。"

"对,对,"焦成思说,"我上次右边这只眼睛做的时候,也是打开,缝上,又打开的。不过,那倒不是因为我要咳嗽。"

"那是为什么?"陆文婷觉得很奇怪。

焦成思把茶杯往桌上一放,掏出烟盒,想起大夫刚才的话,又装了进去,叹了口气说道:

"那时候,我被打成叛徒。右眼看不见了,跑来做手术。刚开始手术,造反派就闯了进来,硬逼着大夫中断手术,说是决不能让叛徒重见光明。当时,我简直气晕了,浑身的血直往头上冲。多亏了那位大夫沉着冷静。她立刻把切口缝上了,避免了意外。她又把造反派赶了出去,才把手术做完了,唉!"

"啊……"陆文婷听了不由一怔,忙问道,"你右眼是在哪个医院做的？"

"就在你们医院。"

怎么，世界上会有这么雷同的事？她看了看焦成思，竭力想看出这个人是否曾经相识。可是，一点也看不出来了。

十年前，她曾给一个"叛徒"做过白内障摘除，在手术过程中也曾发生过造反派阻拦的事，情节和焦副部长说的一模一样。那个病人姓什么呢？对，也姓焦。是他，就是他！后来造反派串连了医院响当当的人物，给陆文婷刷了大标语："陆文婷的手术刀为大叛徒焦成思服务，是对无产阶级彻头彻尾的背叛！"

啊，怎么会认不出来了呢？十年前的焦成思身披一件破旧棉袄，脸色憔悴，精神不振，孤身一人来挂普通门诊。陆文婷建议他做手术，开了预约单，病人如期到来。就在刚开始手术的一瞬，就听外面护士在嚷：

"这是手术室，谁也不准进！"

接着就听见一阵乱叫乱吼：

"什么手术室？他是大叛徒！给叛徒做手术，我们就是要造反！造定了！"

"臭老九给叛徒大开方便之门，决不允许！"

"冲！往里冲！"

焦成思在手术床上听得清清楚楚。他气急地说：

"算了，瞎就瞎吧，不要做了，大夫！"

"你不要动！"陆文婷一边说，一边已经飞快地把切口的预置缝线结扎好了。

三个大汉冲进了手术室，还有几个胆小的在门口站着。陆

人到中年　55

文婷坐在手术台的床头一动不动。

刚才，焦副部长说是那位大夫"把造反派赶出去"的。这不对。陆文婷从来没有骂过人，也从来没有赶过人。当时，她身穿白色的手术袍，脚穿绿色的泡沫塑料拖鞋，头戴蓝色的布帽，脸上蒙着一个大口罩，只有两个眼睛和一双戴橡皮手套的手露在外面。也许是头一次看到这种陌生的装束；也许是头一次感到手术室异样庄严的气氛；也许是头一次见到手术台上雪白的由孔巾下露出的一只血淋淋的眼球，造反派们给吓住了。陆文婷大夫仍然坐在那只高凳上，只是从口罩底下吐出几个字来：

"请你们出去！"

几个造反派面面相觑，好像也感到这里确实不是一个造反的地方，转身走了。

当陆文婷又重新剪开缝线，继续工作时，焦成思说：

"还是不做了吧！就算你把我的眼睛治好了，他们还会把我整瞎的。而且，可能祸及于你。"

"不要说话！"陆文婷几乎是命令说，同时两手飞快地操作。等到手术完毕，为他缠上纱布时，才说了一句："我是医生。"

就这样，陆文婷为焦成思在不寻常的情况下做了右眼的白内障手术。

当年，焦成思机关里的造反派到医院来给陆文婷刷大字报，也曾经轰动一时。但是，对陆大夫来说，这也算不得什么！无非是在"白专道路""修正主义苗子"等等原有的罪名之外，又新加一个"包庇叛徒"的罪名。这个罪名连同这个手术，她都没有往心里去，也都逐渐从她的记忆中隐退了。如果不是焦成思偶然提起，她已经完全忘记了这件事。

"陆大夫，我就佩服这样的医生，真是治病救人哪！"秦波感叹地说，"可惜那时没有病历，不知她姓什么叫什么。昨天我们还跟赵院长谈起，如果请她做手术，就放心了。"

陆文婷听了，脸上露出尴尬的神色，秦波一见，又忙说道：

"不过，陆大夫，你也不要见怪。赵院长对你是很信任的。我们，当然也是信任你的。希望你不要辜负领导对你的期望，要向上次给焦副部长做手术的那位大夫学习。当然，我们也要向她学习。你说，是不是啊？"

陆文婷只好把低着的头点了点。

"你还很年轻哟！"秦波又鼓励她说，"听说你还没有入党，是不是啊？要努力争取嘛，我的同志哟！"

"我家庭出身不好。"陆文婷老实地答道。

"唉——，这个问题不能这么看嘛！家庭不能选择，道路可以选择。"秦波热情地滔滔不绝地说起来，"我们党的政策历来是有成分论，不唯成分论，重在表现。只要你真正同家庭划清界线，靠拢组织，对人民作出贡献，党的大门是对你开着的。"

陆文婷没有再说什么，走过去拉上窗帘，掏出眼底镜来给焦成思做检查。之后她说：

"焦副部长，如果你没有什么别的情况，我们后天就把手术做了吧！"

"行，早做完早出院。"焦成思痛痛快快地抢先答应了。

已经过了下班时间了,陆文婷告辞出来。秦波又追出来,喊住她:

"陆大夫,你是回家吗?"

"是呀!"

"用焦副部长的车送你回去吧!"

"不用,不用。"

陆文婷连忙摆着手走了。

十二

临近子夜,病房里没有一点声息,没有一点动静。壁上那盏蓝色的孤灯,依稀地照着吊瓶中的溶液在无声地滴着。一滴,一滴,缓缓地输进病人那青筋隆起的血管里。在这万籁俱寂的黑夜里,似乎只有它是唯一的信息,告诉人们:陆大夫还活着!

傅家杰呆坐在床头,痴痴地望着自己的妻子。在这纷乱的二十多个小时里,他还是第一次独自守护在她身畔。不,在十几年的共同生活中,似乎也是第一次这样地守在她身旁,这样地看着她。

记得有一次,大概还是热恋的时候,他也曾长时间目不转睛地看着她。可是她却歪着头问:"你为什么这样看我?"他只好讪讪地把视线移开。现在,她不能歪过头去了,她也不能问话了。她好像被解除了武装,任凭他的目光在她脸上久久地停留,再也不能"抗议"了。

直到此刻,他才心惊地发现,她变得多么衰老了啊!原来漆黑的美发已夹杂着银丝，原来润泽的肌肉已经松弛，原来缎子般光滑的前额已刻上了皱纹。那嘴角，那小巧的嘴角也已经弯落下来。啊！她的生命似乎也已像耗尽了最后一滴油的灯芯，只剩下微弱的光和热了。他简直不愿相信，自己的妻子，一个如此坚强的女性，竟在昼夜之间变得这样虚弱！

他深知她不是一个弱女子。她生来苗条纤细，看上去弱不禁风，然而，她并不是弱不禁风的。她总是用瘦削的双肩，默默地承受着生活中各种突然的袭击和经常的折磨。没有怨言，没有怯懦，也没有气馁。

"你是一个很坚强的女人。"傅家杰常说。

"我？不，我很软弱哩！一点儿也不坚强。"她总是这样回答。

这一次，就在她病倒的头一天晚上，她又作出了一个被傅家杰称为坚强的决定——让他搬到研究所去住。

那天晚上，佳佳的病基本好了，园园的功课也做完了，兄妹俩相继睡去。小屋里得到片刻的安宁。

已是秋天了，阵阵秋风送来了寒意。托儿所通知家长们给孩子送棉衣了。陆文婷拿出佳佳去年穿的小棉袄，把它拆开，放大，接长袖子。她把棉袄铺在那张三屉桌上，为女儿过冬的棉衣絮上一层新棉花。

傅家杰从书架上取下他的一篇未完成的论文，在桌旁站了站，就歪身在床头坐下。

"等一会儿，我马上就絮完了。"陆文婷说着，没有回头，只加快了速度。

当陆文婷把絮好的棉袄撤走时，傅家杰说：

"什么时候再有半间房就好了。哪怕六平方米,五平方米也行,只要能搁下一张桌子。"

陆文婷坐在床边低头作活儿。她听着,没有答话。过一会儿,她忙忙地把没缝完的棉袄折起来,说:

"我得到医院去一下,桌子你尽管用吧!"

傅家杰回过头来问:

"这么晚了,还上医院?"

陆文婷一边穿上外衣,一边说:

"明天早上的两个手术,有些不放心,我得去看看。"

其实,陆文婷晚上跑到医院去是常有的事。为此,傅家杰常常笑她:"人在家中,魂在医院。"

"你多穿一件衣服吧,夜里冷。"

"我马上就回来。"陆文婷忙说,又带着歉意地笑道,"你不知道,明天的两个手术挺有意思。一老一小。一位副部长,他夫人老怕手术做不好,总是制造紧张空气,所以我得去看看他。小的是个女孩儿,娇得很,今天还缠着我说,她晚上尽做梦,睡不好……"

"行啊,我的大夫!快去快回吧!"傅家杰也笑道。

她走了。回来时见傅家杰还在灯下用功。她没有惊动他,过去给孩子披了披被子,说道:

"我先睡了。"

傅家杰见她躺下了,又埋头于稿纸和书本。过了一阵,他虽并不曾回身,却感觉到陆文婷还没有入睡。是不是灯光影响了她?傅家杰把台灯弯得更低些,又用一张报纸挡上,才继续工作。

又过了一阵，他听到她发出了轻轻的均匀的呼吸声。傅家杰心里很清楚，她并没有睡着。多少次，她都是用这种假意的鼾声，企图给他一种错觉和安慰，要他不必顾忌她能不能在灯光下入睡，而专心于自己的著作。其实，这个小小的"诡计"傅家杰早已识破，只是不忍心拆穿它。

再过了一阵，傅家杰站了起来，伸了伸腰说：

"算啦！我也睡吧！"

"你别管我！"陆文婷忙答道，"我已经进入半睡眠状态了。"

傅家杰双臂撑在桌沿上，望着未完成的论文，犹豫了片刻，还是劈劈啪啪扣上了一本本的书，下决心说：

"不干了！"

"你的论文怎么办？不抓紧晚上的时间，什么时候能写完？"

"损失了十年的时间，一夜也补不回来啊！"

陆文婷索性坐了起来，随手披上一件毛衣，靠在床头，很认真地对他说：

"你知道刚才我在想什么？"

"你什么也不该想！你应该快闭上你的眼睛，明天你还要给人家治眼睛……"

"你别打岔。你听我说，我想，你应该搬到研究所去住。这样，你就有时间了。"

傅家杰站在床前，瞪大眼睛望着她，只见她脸上放着光，眼睛是笑的，她显然被自己的想法兴奋着。

"我不是说着玩儿，我真的这么想。你应该是有所作为的，应该是科学家。是我和孩子拖累了你，影响你不能早出成果。"

"唉！不是这个问题……"

"是这个问题！"陆文婷打断他的话说，"当然，我们又不能离婚。孩子们不能没有爸爸，科学家也不能没有家庭。可是，我们可以想点办法，把你的八小时变成十六小时。"

"两个孩子，一大堆家务事，都压在你一个人身上，这怎么行？"傅家杰不同意。

"这怎么不行呢？离了你，我们家也在地球上转呀！"

他提出种种具体困难，她一一讲出解决的方案，最后她说：

"你不是常说我是一个坚强的女人吗？你就放心吧！我能挑起这副担子，你的儿子不会饿肚子，你的女儿不会受委屈。"

他被说服了。他们决定从明天起就试一试。

"在中国，要干一点事情真不容易啊！"傅家杰脱衣上床时说，"战争年代，老一辈为了革命的胜利作出了很多牺牲。我们这一代人，为了实现四化，也在作出很多牺牲。只是这种牺牲，常常不被人看见……"

傅家杰独自说着，当他脱下衣服搭在椅背上，回头看时，陆文婷已经睡着了。这回是真的睡着了。她的脸上还留着笑意，好像在睡梦中还为自己的这个倡议感到欣喜。

唉！谁会料到，这个试验在第一天就失败了。

十三

她的试验是失败的,她的手术是成功的。

那天上午,当她照例提前十分钟来到病房时,孙逸民迎着她说道:

"陆大夫,我正等你呢!今天有角膜材料,能做移植手术吗?"

"太好了。我正有个病人,急等着要做呢!"陆文婷立刻高兴地答应。

"你上午已经安排两个手术了。身体能顶下来吗?"

"能。"陆文婷挺直了身子,笑了笑,好像要证明她身上蕴藏着无穷无尽的精力。

"好吧,那就做吧!"孙逸民决定了。

于是,陆文婷挽着姜亚芬的手臂,朝手术室走去。她精神愉快,步履轻捷,好像不是走向一个紧张的战场,而是走向一个可以安憩的地方。

这所医院的手术室占了整整一层楼,气派宏大。"手术室"三个大红字漆在乳白色的玻璃门上。当病人躺在活动床上,被护士推进这两扇玻璃门之后,他们的家属就只能徘徊于这森严的大门之外,提心吊胆地望着那神秘的、似乎是很可怕的地方。好像死神正在那里游荡,随时可以伸出魔爪夺走自己的亲人。

其实,手术室并不是死神的宫殿,它是一个给人以生的希望的地方。进入手术室宽阔的走廊,四周高大的墙壁刷成淡绿色,使屋内的光线变得很柔和。走廊两边分别是外科、妇科、耳鼻喉科、眼科的手术室。这里每个人都穿着白色消毒长袍，眉上都严严地戴着浅蓝色印有"手术室"字样的消毒布帽。人人眼下都是一个大口罩，只露出两只眼睛。这里的人没有美与丑之分，甚至也看不出男和女之别。这里只有医生、助手、麻醉师、器械护士。白色的人群轻轻地走来走去，他们的脚步是迅速的，又是轻盈的。这里没有笑语，没有喧哗，在这座每天涌入上千人的大医院里，手术室是最安静、最有秩序的一角。

焦成思被送进了手术室。他躺在高高的乳白色的铁架手术床上，被蒙在消毒的有孔巾下。他整个的脸都被蒙上了，只从那橄榄形的小孔内露出一只需要动手术的眼睛。

陆文婷早已换好衣服，高举起戴上橡皮手套的双手，在手术床头的圆形铁凳上坐下。这只活动的凳子，像自行车的车座似的，可以自由升降。陆文婷个子矮，每次手术都需要把凳子升高，今天没有调整，高矮却很合适。她扭头朝坐在一旁的姜亚芬看了一眼，心里明白，这是就要和自己分别的老同学放好的。

护士把手术床旁的托盘架推过来。那长方形的盘内有剪子、缝针、有牙镊、无牙镊、固定镊、持针器、蚊式止血钳、球后针头、晶体勺等等小巧玲珑的手术器械。这个可以移动的托盘架，现在正放在焦成思胸前的上方。医生可以抬手取到自己所需要的用具。陆文婷大夫坐在床头手术凳上，面对托盘架，正好像一个食客坐在餐桌前，隔在餐桌与食客之间的只是下面的一只眼睛。

"我们开始了。你不要紧张。先给你打麻药，这样，你的眼睛就没什么感觉。一会儿手术就做完了。"陆文婷看着那只眼睛说。

听了这话,焦成思忽然叫道:

"等一等!"

怎么啦?陆文婷和姜亚芬都吃了一惊。只见焦成思一把扯下那有孔巾,竭力朝后仰起头,又伸出手来,叫道:

"陆大夫,我上次这只眼睛,就是你做的手术吧?"

陆文婷把双手举得高高的,怕病人的手碰着自己经过消毒的手,还未答话,只听焦成思又那么激动地叫道:

"是你,是你,一定是你!上次你也是这么说的,声调语气都一样!"

"是我。"陆文婷只好承认。

"你为什么不早告诉我?我应该好好感谢你啊!"

"那没有什么……"陆文婷找不到更多的话说了。她遗憾地望着扯下来的有孔巾,示意站在一旁的护士再换上一条。然后又说:"焦副部长,我们开始吧!"

焦成思连声叹息着,似乎一时很难安静下来。陆文婷又用命令的语气说:

"不要动,不要说话!我们开始了!"

说着,她熟练地在眼睛下方皮下注射了奴佛卡因。然后,把病眼的上下眼皮分别用针穿上,拉开固定在有孔巾上。这样,一只被白色混浊体挡住了视线的眼珠,就完全暴露在灯光下了。陆文婷此时已经完全忘了躺在面前的是什么人,她只看到一只有病的眼珠。

这样的手术,陆文婷大夫不知做过多少次了。可是,每当她一上手术台,面对一只新的眼睛,拿起手术刀时,她的感觉都好像是初次上阵的士兵。这一次，也是这样。当她小心翼翼地把眼球结膜剪开，再把角巩膜半切开时，在一旁的姜亚芬已把穿好线的针递了过来。陆文婷伸出两个细长的手指，拿起像小剪刀一般的持针器，夹住针头，朝巩膜扎下去。

咦？不知为什么扎不动？她把浑身的力气都凝聚到了手指上，扎了几下，还是扎不进去。姜亚芬在一旁低声问：

"怎么回事？"

陆文婷没有答话，只把针拿起来对着灯光照看。把这半圆形像钓鱼钩似的针审视了一会儿，她回头问道：

"这针是不是新换的？"

姜亚芬也不知道，回头问器械护士：

"是换了针吗？"

器械护士走过来悄悄地说：

"是新换的。"

陆文婷又看了看针头，小声说：

"这种针怎么能用？"

为医疗器械的不合规格，陆文婷和大夫们不知提过多少次意见。然而，这些不合规格的次品仍然经常出现在托盘里。没办法，陆文婷只好挑选使用。碰到好的刀、剪、针，她就请器械护士保存好，一用再用。

不知为什么，今天换了全新的一套手术包，偏偏碰上这么一个次品。每逢这种情况，一向温和的陆大夫就变了颜色，很严厉地责备器械护士。小护士虽有十分委屈，也不好辩白。是呀，一根针虽小，但在病人的巩膜上一扎再扎，不必要地延长手术时间，将会给病人增加多少不必要的痛苦？

此刻,陆文婷皱起双眉。病人正躺在床上,巩膜扎不动,她又不能让病人知道内情,只低声吩咐了一句:

"换一根针来!"

她的声音完全是命令式的,护士忙从消毒盒里把旧针拿了来。

手术室的护士们对陆文婷大夫七分佩服,三分畏惧。佩服的是陆大夫手术漂亮,怕的是她要求严格。眼科被称为手术科。眼科大夫的威望全在刀上。一把刀能给人以光明,一把刀也能陷人于黑暗。像陆文婷这样的大夫,虽然无职无权,无名无位,然而,她手中救人的刀就是无声的权威。

针换来了。陆文婷很快在巩膜上把预置线缝上,只等把白内障摘除后,把缝线结扎上,这手术就成功了。谁知,就在她把巩膜全切开时,有孔巾下的焦成思忽然身子一动。

"不要动!"陆文婷严厉地说。

姜亚芬也急忙在一旁说:

"不要动!你怎么回事?"

可是,一个瓮声瓮气的声音从有孔巾下传了出来:

"我……要咳,咳……嗽!"

啊!真被秦波说中了!怎么偏偏在这关键时刻要咳嗽?也许只是他的一种心理作用,一种条件反射吧?陆文婷问道:

"能忍一忍吗?"

"不……不行……"焦成思的胸部已经在不停地起伏了。

任何有经验的眼科大夫,在做这种手术时,当病人的眼珠被打开的一刹那,心情都是非常紧张的。而在这时,最忌讳的是病人咳嗽。

事不宜迟，陆文婷一面采取紧急措施，一面安慰着病人：

"等一下！你哈气，哈气，先别咳出来！"

她一边说，一边两手不停地忙着，把刚缝上的预置线结扎起来。焦成思在大口大口地哈气，胸口剧烈地起伏着，好像马上就要憋死过去。待最后一个结打完，陆文婷舒了一口气，说：

"你可以咳嗽了！轻一点！"

然而，焦成思并没有咳出声来。他的呼吸又慢慢恢复了正常。

"你咳吧，不要紧了。"姜亚芬在一旁说。

焦成思很抱歉地说：

"真对不起，我不想咳嗽了，你们做吧！"

姜亚芬瞪起大眼，几乎想说，这么大年纪了，还这么不能控制自己。陆文婷朝她看了一眼，她才没有说出来。两人却相视一笑。类似这种情况也是经常有的啊！

陆文婷又把结扎好的线剪掉，手术从头来起。这次很顺利地做完了。当陆文婷离开手术凳，坐在小桌前开处方时，焦成思已经被挪到活动床上，护士正准备把他推走，他叫道：

"陆大夫！"这微微带着颤抖的声音，很像出自一个做错事的男孩子口中。

陆文婷走到两眼缠着纱布的焦成思身旁，弯下腰问道：

"你怎么啦？"

焦成思伸出两手在空中摸着，抓到陆文婷还未脱去手套的手，他使劲握了握说：

"两次手术，都给你格外添了麻烦，真过意不去……"

陆文婷愣了一下，盯着这缠着十字形纱布的脸，安慰地说：

"没什么，你好好休息，过几天给你拆线！"

焦成思被护士推走了。陆文婷看了一下墙上的挂钟，本来四十分钟可以完的手术用了一个钟头。她脱下身上的这一件手术袍，摘下橡皮手套，又伸臂套上另一件刚从包里取出的消毒袍。当她转身等护士给她系上后面的腰带时，姜亚芬问道：

"接着做吗？"

"做。"

十四

"这个手术我来做，你休息一下，做下一个。"姜亚芬说。

陆文婷摇头笑道：

"还是我来吧。你不知道这个王小嫚，她害怕得要命。这两天跟我熟了，还好一些了。"

王小嫚不是躺在床上被推进来，而是被护士半拉半拽带进手术室的。她被罩在一套嫌大的白色病服里，扭扭捏捏不肯上手术床。

"陆阿姨，我害怕，我不做了，您出去跟我妈说！"

一见手术室里大夫和护士的打扮，王小嫚更紧张了，心跳得嘣嘣的，她求救似的朝陆文婷喊着，想挣脱护士的手。

陆文婷走到床头，笑着招呼她说：

"来呀，小嫚，我们不是讲好了吗？要勇敢呀！我给你打麻药，保证你一点儿都不疼！"

王小嫚从上到下打量着变了样的陆大夫,最后又直盯着她的眼睛。从那双温柔的含着笑意的眼睛里,孩子似乎找到了力量。她身不由己地上了手术台。护士给小病人罩上有孔巾。陆文婷示意护士把孩子的手腕用床两边的带子系上。王小嫚刚要反抗时,陆文婷坐在床头说:

"王小嫚,听话呀!谁都要捆上手的。你别动,一会儿就完了!"说着,就给注射麻醉剂,一边打一边说,"我在给你打麻药了。打完了,你就一点儿也不疼了。"

这时,陆文婷不仅是一位手术医生,而且是一个溺爱孩子的妈妈,甚至是一名幼儿园的阿姨。她一边从姜亚芬手中接过适时递过来的剪子、镊子和各种特殊用处的手术针,一边细声细语地同小病人说着话。当她用小剪刀剪去眼里造成斜视的多余的肌肉时,牵动了神经,王小嫚哼哼起来,感到恶心。陆文婷忙说:

"有点恶心吧?不要紧,坚持一会儿。嗯,真听话!还恶心吗?好一点了吧?一会儿就做完了,真是好孩子!"

王小嫚就在这动听的催眠曲中,在一种似睡非睡的状态下,接受了手术。当她被缠上绷带推出手术室时,她清醒地记起了妈妈嘱咐的话,甜甜地说了一句:

"谢谢阿姨!"

手术室的大夫和护士都笑了。墙上挂钟的长针才走了半圈。

这时,陆文婷已经浑身是汗。额头渗出了汗珠,贴身的背心汗湿了,连手术袍的两腋也汗湿了。她自己也感到奇怪:天气并不热,怎么出这么多汗?她轻轻抢了一下胳膊,那由于长时间悬空操作的双臂,好像已经酸痛得麻木了。

当陆文婷再次脱下身上的长袍,伸出手臂去套另一件新袍的一刹那,她忽然感到眼前冒起一排金星。她把眼闭了一下,把头晃了几晃,然后慢慢地把手伸进袖子里。护士过来给她束好腰带后,忽然端详着她问道:

"陆大夫!你怎么嘴唇发白?"

正在一边换手术袍的姜亚芬回头一看,不禁也吃惊地问:

"真的,你怎么脸色这么难看?"

的确,陆文婷的脸色十分难看。青白的脸上两个乌黑的眼圈,好似上妆的演员用炭笔画出来的。上下眼皮都肿了起来,完全是一副病容。

见姜亚芬那么盯着自己,陆文婷笑了笑说:

"怎么啦?过一阵就好了。"

她不仅嘴上这么说,心里也确信自己是能够坚持下去的。多少年来不就是这样坚持下来的吗?

"手术还接着做吗?"护士站着不动。

"做呀!"

怎么能不做呢?角膜材料不能搁,病人不能久等,当然要做呀!

姜亚芬走上前去说:

"文婷,休息半个钟头再做吧!"

陆文婷抬头看了看挂钟,已经十点过了。推迟半小时,到食堂吃饭的同志就赶不上开饭时间,要吃凉菜;双职工也赶不上回家给孩子做饭了。

"接着做吗?"护士又问。

"做。"

十五

经特许来观摩移植手术的外院和本院的进修大夫们来了,正站在门外和陆文婷说话。

张老汉已有说有笑地被护士扶上了手术床。手术床对于这身材高大的老汉是太小了。他那一双穿着布袜子的大脚悬空搁在床外,两只胳膊也半悬在床侧。甚至于他浑身的精力也好似悬在四周。他真像一棵坚硬的橡树,那么高大,那么结实。他的嗓门真大,他一刻也憋不住,正和护士说着话儿:

"姑娘,您别笑话,要不是巡回医疗队去我们村,说死了我也不敢挨这一刀。您想,我的肉,你的刀,这一刀子下去,是好是歹谁知道呀!哈哈哈!"

年轻护士抿嘴儿笑了,又悄悄嘱咐他:

"老大爷,您小点声儿!"

"这我懂!姑娘,医院嘛,那可是个肃静的地方。"说是说,老汉的嗓门并不见小多少。他又抬起一只胳膊,比画着说:"唉,您不知道,一听说我这眼睛瞎了还能治好,我是又想哭又想笑。我爹就瞎了半辈子,临了就那么窝窝囊囊地入了土。没想轮到我这儿,瞎了还能见太阳。您说,是两个世道不是?说到哪儿,我也得说,社会主义好!"

小护士一边抿嘴儿笑着,一边给这兴奋得直要坐起来的病人蒙上有孔巾,一边又嘱咐说:

"老大爷,您可别动了,这是消了毒的,一碰就脏了!"

"那是!"张老汉十分认真地说,"入乡随俗。到哪儿听哪儿的,入了医院,就得守医院的规矩。"说是说,他那粗大的胳膊又想往上抬。

一旁的护士瞧着不放心,拿起拴在手术床旁的带子说道:

"老大爷,给您手腕系上点儿,这是医院的规矩!"

张老汉一愣,继而又哈哈笑道:

"您就捆吧,这还用说!说实话,姑娘,要不是这双眼治得我,我可不是那老实呆着的主儿。就这,我在家还一天下两遍地。唉!生就的兔子脾气,就爱满世乱蹦跶,呆不住呀!"

小护士又被他说得笑了起来,他自己也嘿嘿地笑了。当陆文婷刚一迈进来,他立即止住了笑,侧耳一听,就叫了起来:

"陆大夫!是您吗?我一听就听出来了。也怪,这眼一瞎,俩耳朵倒透着那么好使。没法子,耳朵当眼睛使了。"

陆文婷望着这充满活力的病人,听着他的话,也不由笑了。她坐下来,开始了手术前的准备工作。从托盘架上的一个小杯里取出珍贵的角膜材料,先缝在纱布的眼珠模型上。这工夫,张老汉又说话了:

"这眼珠子还能换,我可一辈子头回听说!"

姜亚芬笑道:

"不是换眼珠,是换眼珠上边的一层膜。"

"嗐,那都是一码事儿!"张老汉并不深究其详情,只自顾自地感叹着,"您说,这得多高的手艺!等我带俩好眼睛回去,村里人别说我遇了仙呢!哈哈哈!我得告诉他们,我遇见了陆大夫!"

姜亚芬"扑哧"笑了,冲着陆文婷直眨巴眼儿。陆文婷被他说得不好意思了，一边缝，说了一句：

"别的大夫也一样做得。"

"那是！"张老汉肯定地说，"闹着玩儿的吗？没能耐的大夫他也迈不进这大医院的高门坎儿呀！"

准备工作完毕，陆文婷用开睑器撑开了病人的眼睛，同时说道：

"我们开始了。你不要紧张。"

张老汉可不像一般病人那么默默地听着，他觉得大夫跟你说话，你不吭气儿是不够礼貌的。于是，他十分通情达理地答道：

"不紧张，不紧张，没事儿，疼点儿也没啥。您想这个理儿，动刀动剪子的还有个不疼的吗？您尽管放心动刀！我信得过您，再说……"

姜亚芬笑着拦住他说：

"老大爷，您可不准再说话了。"

张老汉这才不言语了。

陆文婷开始操作。她拿起像钢笔帽口那么小的环钻，轻轻地把病人坏死的角膜取下。又拿过那块缝在纱布上的材料，用同一环钻切下同样大小的一块，按在病人的眼珠上。然后拿起持针器，细心地一针一针地缝了。

在一块只有钢笔帽口那么点的角膜周围，需要缝上十二针。这不是在伏伏帖帖的布面上缝，而是在溜滑菲薄的一层膜上缝。每缝一针，她似乎都把自己浑身的力量凝聚在手指尖上，把自己满腔的热血通过那比头发丝儿还细的青线，通过那比绣花针儿还纤小的缝针，一点一滴注入到病人的眼中。

此时，她那一双看来十分平常的眼睛放出了异样的智慧的光芒，显得很美。

手术极其顺利。最后一针缝好了，最后的一个结扎上了。那移植上去的圆形材料，严丝合缝地贴在了病人的眼珠上。如果没有四周黑色的线结，你简直认不出那是刚刚才换上去的。

"手术真漂亮！"围观的大夫们悄悄发出由衷的称赞。

陆文婷轻舒了一口气。旁边的姜亚芬抬起眼睛，感动地看了一眼自己的老同学，没有说话，把一叠厚厚的长方形纱布盖在病人的眼上。

张老汉被挪到活动床上往外推时，好像刚从梦中醒来。他顿时活跃起来，人到了门外，还用他那洪亮的声音喊了一声：

"陆大夫，让您受累了！"

手术结束了，陆文婷想站起来。可是，只觉得双腿发麻，站不起来。她停了停，又试图站起，这样好几次，才站了起来。一阵腰部的酸痛突然向她袭来，她反过一只手按住腰。这在她也是常有的事。每当她聚精会神地在这张圆凳上坐了几个小时，全部智与力都集中在手术时，她丝毫也不觉得身体的劳累。可是，当手术一结束，她就觉得浑身像散了架，连迈步都很困难了。

十六

这时，傅家杰正骑着自行车往家跑。

本来，他是不准备回家的。根据昨天晚上陆文婷的建议，傅家杰今天一早就把被褥打成包，捆在车后座上，带到研究所,准备开始新的生活。

到了中午下班时,他的决心动摇了。今天她在病房,手术能按时完吗?一想到她疲乏不堪地走进家门,又要手忙脚乱地做饭,总觉得过意不去。他还是蹬上车回家了。

就在他骑着车刚拐进胡同口时,一眼就看见陆文婷扶着墙站在那儿,好像走不动了。

"文婷!怎么啦?"傅家杰喊了一声,赶紧下车搀住她。

"不要紧,有点累。"陆文婷把胳臂搭在傅家杰肩上,一步一步走回家里。

她只说有点累,可是傅家杰见她脸色苍白,一头冷汗,不放心地问:

"要不要去医院看看?"

陆文婷闭着眼睛在床边坐下说:

"不用了。歇一会儿就好了。"

她指指床,好像没有力气再说话,也不愿再动了。傅家杰替她脱了鞋,脱了外衣,说:

"那你先躺一会儿,休息休息,我一会儿叫你……"

"不用叫,"她躺下时还说,"我反正睡不着,躺一躺就好了。"

傅家杰转身出去,坐上一锅水,又回到屋里来取挂面时,还听见陆文婷说:

"是该休息休息。这个星期天,我们带孩子到北海玩一趟吧!十多年没有去过北海了!"

"好呀,我赞成!"傅家杰口里答应着,心里却疑惑起来:十多年没去北海了,也没有动过去北海的念头,怎么她今天突然提起要去北海?

傅家杰不安地望了望躺着的妻子,转身出去煮面。他又切了点葱花、几片榨菜分放在碗里。当他端着面进屋时,陆文婷已经睡着了。他见她闭目静睡,没忍心叫醒她。园园回来,他们就一块吃起面来。

正在这时,陆文婷在床上呻吟起来。傅家杰忙撂下碗转身到床前,只见陆文婷面如白纸,一头冷汗,微微喘着叫道:

"不行了!"

傅家杰吓慌了,攥着她的指尖,忙问:

"你哪儿不舒服?哪儿疼?"

她只痛苦地挣扎着,指了指左胸,答不出话来。

傅家杰在屋里乱转。他一会儿打开抽屉找止疼片,一会儿想想不对,又去找安定片。

在难以忍受的疼痛中,陆文婷似乎还是冷静的。她用手势止住了傅家杰的慌乱,尽力说了三个字:

"上医院!"

傅家杰这才感到事态严重。他们共同生活十几年来,陆文婷虽然天天去医院上班,可从来没有自己提出来去医院看病。她显然病得不轻。傅家杰顾不得多想,回头就往外走,到门口又扭头说了一声:

"我去叫出租汽车!"

公用电话在胡同口上。他忙忙地拨了汽车公司的号码,接电话的人冷冷地说:

"现在没有车。"

"喂,喂,我是送病人呀!"

"那也要等半个钟头!"

傅家杰还想哀求,那边的电话已经挂上了。

他没办法,赶紧给陆文婷所在的医院打电话。眼科办公室没人接,他让总机接到汽车队。汽车队的一个同志回答他:

"没有领导批的条子,不能派车。"

他上哪儿去找领导批条子呢?

"喂,喂!"他冲话筒嚷着,那边已经没有声音了。

他又给医院政治处打电话。政治处总该过问一下这种事吧?

电话铃声响了半天,才有一个女同志来接。听完他的话,这位女同志很客气地答道:

"请你和行政处联系一下吧!"

他又请总机把电话转到行政处。总机的电话员都听出了他的声音,不耐烦地问:"你到底要哪儿?"到底应该要哪儿呢?傅家杰也搞不清了。他只央求给接行政处。接通了,叮铃铃,叮铃铃响了半天,根本没有人接电话。

傅家杰彻底失望了。他放弃了叫汽车的念头,转而去找平板三轮车。胡同里有一家做纸盒的"五·七"工厂,常常用三轮车运货。他跑到工厂说明情况,那主事的老太太倒挺同情,可惜帮不上忙,厂里仅有的两辆平板三轮都派出去了。

怎么办?傅家杰站在胡同里,差点要急疯了。用自行车推吧?她看来坐都坐不住,怎么推?

这时,一辆浅灰色的"一三〇"小卡车开了过来。傅家杰来不及多想,就两步站到路中央,向司机举起手来。

车停了下来。从驾驶室探出一张满腮胡子的脸来,大眼珠瞪着拦车的人。可是,当他听说家里有人得了急病,需要立刻送医院时,二话没说,就把手一挥,招呼傅家杰上车。

"一三〇"开到傅家杰家门口停下。等傅家杰搀着陆文婷一步一挨地走到车边时,司机忙伸出大手来把陆文婷扶进驾驶室,一直小心地把车开到医院的急诊室。

十七

从来没有睡得这么久,从来没有睡得这么累。陆文婷觉得好像是从高高的云端摔落下来,跌得浑身疼痛难禁,没有一点力气了。这突然的静卧,四肢休息了,心也静了下来,脑海里几乎成了一片空白。

多少年来,她奔波在生活的道路上,没有时间停下来,看一看走过的路上曾有多少坎坷困苦;更没有时间停下来,想一想未来的路上还有多少荆棘艰难。如今,肩上的重担卸下了,种种的操劳免去了,似乎有足够的时间去寻找过去的足迹,去探求未来的路。然而,脑子里空空荡荡,没有回忆,没有希望,什么也没有。

啊!多么可怕的空白!

也许,这只是一个梦,一个寂寞的梦。过去,也曾有过这样的梦,也是这样孤独,这样悲凉……

那一年,她还是一个五岁的小姑娘。一个北风呼啸的夜晚,妈妈出去了,只留下她一个人。天黑了,妈妈还没有回来。她第一次感到孤单,感到恐怖。她哭着,喊着:"妈妈……妈妈呀!"后来,这情景,常在她的梦中萦绕。那怒吼的风声,那被吹开了的房门,那昏暗的油灯,是如此逼真。竟使她长久以来分辨不清,是当真入梦,还是把梦当真。

不,这一回不是梦,是真的了!

自己是躺在病床上,家杰还守在自己身旁。看,他累了。他歪倒身子靠在床沿上睡着了。他会着凉的,应该把他叫醒。可是她试了几次,总听不见自己的嗓音。喉咙好像被什么卡住了,叫不出声来。她想伸过手去,拉一件衣服给他披上,可是手动不了,它好像不是属于自己的了。

她朝四周打量了一眼,发现自己是躺在单人病房里。这种"特殊照顾"通常都属于垂危的病人。她忽然感到一阵恐怖:难道我也……

瑟瑟的秋风叩打着门窗,沉沉的夜色吞蚀着病房。她出了一身冷汗,神智反而清醒了。她意识到眼前的一切真真实实,这确实不是梦。这是生的尽头,这是死的来临。

死亡原来是这样的,并不可怕,并不痛苦。它不过是生命逐渐地枯萎,意识逐渐地朦胧,它不过是缓缓地沉落,像一片飘在水中的叶儿,正随波逝去,终致淹没在水底。

她觉得一切都无可挽回地结束了。汹涌的波涛漫过了她的胸前,她正随水而去……

"妈妈……妈妈……"

她听见佳佳在呼喊,她看见佳佳沿着河岸追来。她忙回过头去,伸开双臂喊道:

"佳佳……我的女儿……"

流水把她席卷而去。佳佳的面容模糊了,沙哑的呼喊变成了可怜的抽噎:

"妈妈……我要梳小辫儿……"

为什么不给她扎小辫儿呢?她来到人间才六个年头,她对生活的希望,不过是扎上两个小辫儿。每逢看见那些扎着小辫、系着蝴蝶结的小姑娘,她是多么羡慕!可是,就连这一点小小的要求,她都不能满足她。她没有时间,星期一早上医院的病人也最多,哪怕一分钟的时间,对她来说都是宝贵的。

"妈妈……妈妈……"

她听见园园在呼喊,她看见园园沿着河岸追来。她忙回过头去,伸出双臂喊着:

"园园……园园……"

一个浪头把她打下去,她挣扎出水面,园园已经看不见了,只有他的声音从远处传来:

"妈妈……别忘了……白球鞋……"

各式各样的球鞋像装在万花筒里,在她面前转开了:白色的,蓝色的;高筒的,矮帮的;白色带红边,白色带蓝边的。给园园挑一双吧,他脚上的鞋早已破了。给他买一双白球鞋吧,他会高兴一个月。可是,顷刻间,这样那样的球鞋都消失了。一张张标价牌迎面打来:三元一角,四元五角,六元三角……

家杰追来了。流水倒映出他狂奔的身影。他跑得那么急,他的声音在发抖:

"文婷,你不能走……"

她多么想停住,等他追来,拉自己一把。然而,流水无情,她身不由己随波逐流!

"陆大夫!陆大夫!"

两岸有多少人在呼喊她啊！穿着白大褂的亚芬、老刘、赵院长、孙主任，穿着病房衣服的焦成思、张老汉、王小嫚，还有许多认识和不认识的病人，都在喊着，喊着。

他们在喊我？我不能走，是不能走啊！在这世界上，我还有很多事情没有了结，还有很多责任没有尽到。我不能让园园和佳佳变成没有妈妈的孤儿。我不能让家杰遭到中年丧妻的打击。我离不开我的医院，我的病人。离不开啊，离不开这折磨人而又叫人难舍的生活！

我不能在这死亡之水中沉没。我要挣扎，我要反抗，我要留在人间。可，我怎么那么累呢？我没有力气反抗，没有力气挣扎，我正在沉下去，沉下去……

啊！永别了，园园！永别了，佳佳！你们还会想起妈妈吗？在这生命的最后一息，妈妈是带着对你们深深的眷恋离去的。我多么想念你们，让我紧紧地搂住你们，听我对你们说：孩子啊！原谅妈妈对你们爱得太少，原谅妈妈不得不一次次缩回向你们伸出的双臂，推开你们扑向我的笑脸，使你们在幼小的年纪就离开了妈妈的怀抱。

永别了，家杰！你为我付出了一切。没有你，我的生活寸步难行。没有你，我活在这世界上索然无味。啊，你为我作了多么大的牺牲！如果允许我忏悔，我将跪倒在你面前，请你原谅，原谅我没有能报答你对我无微不至的关怀和体贴，原谅我对你照顾得那么少，给你的那么少。多少次我想着，等我稍许空一点，我要多尽一点妻子的责任，我要按时下班回家，让你吃上一顿现成的晚饭。我要把三屉桌让给你，给你创造条件，写完你的论文。遗憾啊，晚了，我再也没有时间了。

永别了，门诊的病人！住院的病人！十八年来，我生活中最重要的部分属于你们。无论我行、走、坐、卧，回旋在我脑际的是你们，是你们的眼睛！你们不知道，每治好一只眼睛，你们给予我—— 一个医生，多么巨大的慰藉和快乐。可惜，这种快乐再也不会有了！

永别了，我的亲人！永别了，医院！永别了，我的病人！我是舍不得离开你们的啊！

我……

十八

"心动异常！"监视着荧光屏的大夫叫了起来。

"文婷，文婷！"傅家杰望着呼吸困难的妻子，尖声喊叫着。

值班室的大夫和护士们跑来了。

"静脉注射利多卡因！"值班大夫命令说。

护士飞快地把针头挑进病人的静脉。可是，刚注入一半，病人已经两手攥成拳，嘴唇发青，眼睛朝上翻去。可怕的阿斯氏综合症出现了。

陆文婷大夫的心脏停止了跳动。

紧张的抢救开始了。几个大夫轮流为病人进行人工心脏按摩。人工呼吸器也罩在病人脸上，发出"咕哒、咕哒"的声响。心脏去颤器打开了，当用这特殊的器械向病人胸部一击之后，病人的心脏又开始了跳动。

"准备冰帽！"值班大夫满头大汗地说。

陆文婷的头被套上了橡皮冰帽。

十九

窗外的天空泛出青色,天终于亮了。陆文婷大夫的生命挨过了危急的夜晚,也进到了新的一天。

接班的护士走来,轻轻拉开紧闭了一夜的百叶窗。一股清新的空气和着鸟儿欢乐的鸣叫一齐扑进病房,顿时冲淡了这里浓烈的药味和沉重的气息。黎明给垂危的生命带来了希望。

量体温的护士,送早饭的卫生员,接早班的大夫,川流不息地来了。在床上度过了一夜的病人似乎又重新燃起了生的希望,病房里呈现出新的生机。

王小嫚头上斜缠着纱布,包着那只经过手术的眼睛,向内科病房的护士苦苦哀求:

"让我去看看陆大夫!就看一眼!"

"不行。陆大夫昨晚上刚抢救过来,谁也不能进去!"

"阿姨!你不知道!她就是给我做手术,才病的呀!叫我去看看吧!我一句话都不说……"

"不行!"护士板起脸来。

"看一眼都不行呀?"王小嫚要哭了。这时,她一扭脸,看见张老汉正扶着他的小孙子走过来,忙扑上去叫道:"张大爷,您快跟她说说,她不让进……"

张老汉头上缠着纱布,被王小嫚拉到护士面前。他站定了说:

"同志啊!让我们进去瞧一眼吧!"

护士一见，又来了个老大爷，生气地嚷了起来：

"眼科的病人怎么到处乱窜啊！"

"嗐！瞧您说的，您咋不懂啊！"张老汉的嗓门可小多了。他低声下气地说："您不知道这内里详情。陆大夫为啥病倒的？就为给我们开刀呀。唉！说实话，我瞧也是瞧不见。我寻思，在她床边站站，也算尽我这点心意。"

这护士心眼儿软，见大爷情真意切，只好耐心劝道：

"不是我不叫你们进去。陆大夫得的是心脏病，不能激动。你们不是为她好吗？你们去了一惊动，对她反而不好。"

"唉！是这个理儿。"张老汉长叹了一口气，在过道长椅子上歪身坐下，双手拍打着自己的膝盖，后悔不迭地埋怨自己："都怪我这老头子，催呀催呀，催个没完，硬挤着要早点动手术。唉！真没想到……这，陆大夫要是有个好歹，这可怎么好啊！"

老汉说着，伤心地低下了头。

孙逸民也赶在上班前来看望陆文婷。他忙忙地走着，不意被王小嫚一把拉住。

"孙主任，您是去看陆大夫的吧？"

孙逸民点点头。

"带我进去看看吧！嗯？"

"过些日子吧，现在不行。"

张老汉也闻声站了起来，摸索着拉住孙逸民的袖口说道：

"孙主任，听您的，我们就不进去。可，我有句话，今儿不管您多忙，您得听我把话说完。"

孙逸民用另一只手拍着张大爷的胳膊说：

"好，您说吧！"

"孙主任！陆大夫可是个好大夫。你们当领导的，可得花本钱给她治啊！您把她救好了，她能救好些人哪！不是有那好药吗？给她吃，别舍不得！我跟人打听，吃那贵重的药得自个儿掏钱。陆大夫拉家带口的，这又一病，她能掏得起吗？医院这么大，能给她掏点不？"

张老汉住了嘴，两手拉着孙逸民，脸向着他，侧过耳朵，期待着回答。

孙逸民为人古板，从不喜怒形于色。但这一次，他被老汉的话打动了，激动地握着老汉的手说：

"我们一定尽一切努力给她治病！"

张老汉似乎才把心放下，又叫过孙子来，摸着他胳膊上的布书包，对孙逸民说：

"给，几个鸡蛋，您能进去，您给她带进去！"

孙逸民忙说：

"这个，不用了。"

张老汉顿时生气了，拉着孙逸民大声说：

"您不拿进去，今儿我就不走！"

孙逸民只好接过一书包鸡蛋，打算等会儿再叫护士给送回去，解释一下。谁知，张老汉却猜到了，又说道：

"孙主任，您要叫人送回来，我可不依您！"

孙逸民无法，只好拿着鸡蛋，直把这一老一小送下楼去。

这时，赵天辉陪着秦波朝内科病房走来。

"赵院长，我是官僚主义，不了解情况，你怎么也不了解情况哟？"秦波边走边说，神情非常激动，"要不是老焦把她认出来，我们都还蒙在鼓里呢！"

"那一段我也在干校啊！"赵天辉无可奈何地答了一句。

他们进入病房时，孙逸民也走了进来。内科大夫汇报了昨晚的险情和抢救情况。赵天辉又看了看病房记录，点头说：

"要继续密切监视。"

傅家杰见来了这么多人，忙站了起来。秦波根本没有看见他，抢上去就在那张圆凳上坐下说：

"陆大夫，你好一点吗？"

陆文婷双目微启，没有应声。

"焦部长都跟我讲了。"秦波叹息道，"他很感谢你。他本来要亲自来看你，我没让他来。我代表他来看你。你想吃什么，缺什么，有什么困难，尽管告诉我，我们帮你解决，不要客气，大家都是革命同志。"

陆文婷闭了闭眼睛。

"你还年轻，要乐观些。对待疾病嘛，既来之，则安之，这……"秦波还想说下去。

一旁的赵天辉拦住她说：

"秦波同志，让病人休息吧，她刚好一点。"

"行，行，你好好休息吧！"秦波一边抬身站起，一边说，"过两天我再来看你。"

走出病房，秦波又皱起双眉对赵天辉说：

"赵院长，我可要给你们提个意见呀，像陆大夫这样的人才，怎么平时不关心，让她病成这样呢？中年干部，现在是我们的骨干力量，我的同志哟，要珍惜人才呀！"

"对。"赵天辉答道。

望着她远去的身影,傅家杰小声问孙逸民:

"她是谁?"

孙逸民从镜片上方望着门,皱了皱眉头,答道:

"一个马列主义老太太!"

二十

这一天,陆文婷大夫的病情略有好转。她能不大费力地睁开眼睛了,她还喝了两匙牛奶和一点橘汁。但,她仰卧着,两个眼睛直视着一个地方,目光是呆滞的,没有任何表情。似乎对四周的一切幸与不幸都很淡漠,对自己的重病以及这给全家带来的厄运也很淡漠。她那无动于衷的可怕的呆滞,简直是对人生的淡漠了。

傅家杰从未看见过她现在的这种样子。他被吓坏了。他连连唤她,她只轻轻晃动了一下手掌,好像不愿让人惊动,好像她在那种令人担心的半麻痹状态中感到舒服,决心把自己永远禁锢在那里面。

时间一点一点地过去,傅家杰紧张地坐在陆文婷床边,已经两夜没有合眼了。他觉得自己也到了疲劳的顶点,也在断裂了。

又不知过了多久,忽然,一阵撕裂人心的哭叫声,震动着每一个病房,也把傅家杰从麻木的疲惫状态中惊醒。

只听见隔壁房间里一个女孩子的声音在厉声哭叫:"妈、妈妈呀!"接着是一个男子呜呜的哭声。再接着是一阵混杂的脚步声,好像很多人朝隔壁涌去。

傅家杰也奔到病房门口。他看见，先是一张病床从房里推了出来。床上严严地罩着一条白被单，蒙着一位死者的遗体。接着露出护士白色的身影，她轻轻地推着这活动床。一个十六七岁的姑娘，猛地从房中追了出来。她头发散乱，浑身颤抖，扑过来双手痉挛地抓住床沿，泪流满面地哀哀哭叫：

　　"别推她走！别推她走！我妈妈睡着了！她会醒的，会醒的呀！"

　　往来探视病人的家属被堵塞在过道里。人们让开一条道，用静默来表示对这位陌生的死者的哀悼。所有的人都屏住呼吸，不敢移动脚步，似乎怕惊扰了被单下安息着的灵魂。

　　傅家杰也呆立在人群中，双脚像被钉子钉在那里了。他那明显变得消瘦的脸上，两个颧骨凸起。浓眉下布满红丝的眼睛里闪着泪花。他把汗湿的手掌紧紧捏成拳头，仍然克制不住周身簌簌地颤抖。他几乎想用手蒙住耳朵，不愿再听那凄厉的哭声。

　　"妈，妈妈呀！你醒醒，醒醒呀！他们要把你推走了！"那女孩子疯狂地喊着，扑过去要掀那被单，好不容易才被两旁的人拉住。

　　那个尾随在床边痛苦的中年男人，一边哭，一边反复喊着一句话：

　　"我对不起你呀！……我对不起你呀！"

　　这绝望的喊声像一把尖刀刺进傅家杰的胸膛。他睁着眼，紧盯着从他面前缓缓推过的这张床，紧盯着那无情的白被单下隆起的遗体。突然，他像触了电似的，猛然朝陆文婷的病房跑去。他一口气跑到她的床前，一头扑在她枕边，闭着眼，喘着

气,嘴里只喃喃地重复着三个字:

"你活着!你活着!你活着!"

他那粗重的喘息声,惊醒了半睡中的陆文婷大夫。她睁开眼来,朝他望了望,又好像并没有看见他。

这呆滞的目光,使傅家杰浑身发抖,他失声喊道:

"文婷!……"

陆文婷的眼光又停留在傅家杰脸上,仍然是那种冷漠的眼光。这眼光令人胆寒心碎,使人感到她的灵魂已经飞离身躯,正在太空中遨游。

傅家杰不知该说些什么,做些什么,才能唤回她对生的热望。这是他的妻子,是他在世上最亲的亲人。从那年冬天和她漫游北海,给她念诗,到如今,多少个日日夜夜过去了,她一直是他最亲的人。他不能没有她。他要留住她!

诗!念诗吧!还像当年那样念诗吧!十多年前,是动人的诗句打开了她的心房。今天,再用同样的诗句唤起她最美好的回忆,唤起她对生的欲望和勇气吧!

于是,傅家杰半跪在她床前,含泪念道:

"我愿意是激流,
…… ……
只要我的爱人,
是一条小鱼,
在我的浪花中,
快乐地游来游去。"

这诗句，好似惊动了她，她侧过脸久久地注视着自己的爱人，嘴唇动了动。傅家杰挨近她，听懂了她含混不清的话：

"我不能……游了……"

傅家杰忍下眼泪，又念道：

"我愿意是荒林，

……　……

只要我的爱人，

是一只小鸟，

在我的稠密的，

树林间做窝、鸣叫……"

陆文婷又轻轻吐出几个字：

"我……飞不动了……"

傅家杰心痛难忍，但他仍含泪念下去：

"我愿意是废墟，

……　……

只要我的爱人，

是青春的常春藤，

沿着我荒凉的额，

亲密地攀援上升。"

这时，陆文婷眼里滚出两行晶莹的泪珠，默默地顺着眼角滴到雪白的枕头上。她又吃力地说：

"我……攀不……上去了!"

傅家杰扑在她身上,像孩子似的哭起来:

"是我没有把你照顾好……"

他睁开泪眼,呆住了。只见陆文婷的眼光又像先前一样停在一个地方,呆呆地停着,似乎没有听见他的哭声,没有听见他的叫声,对身旁的一切都漠不关心了。

病房大夫闻声赶来,见这情景,对傅家杰说:

"陆大夫身体很弱,你,不要跟她多说话!"

傅家杰就这样无言地守了一个下午。黄昏时,陆文婷好像又好了一些,她把头转向傅家杰,双唇动了动,努力要说什么的样子。

"文婷,你想说什么呀?你说吧!"傅家杰攥住她的手哀求道。

她终于说了:

"给园园……,买一双白球鞋……"

"我明天就去买。"他答着,泪水不自主地滴了下来,他忙用手背擦去。

她望着他,还想说什么的样子。半天,才又说出几个字来:

"给佳佳,扎,扎小辫儿……"

"我,给她扎!"傅家杰吞泣着。他透过泪水模糊的眼望着妻子,希望她把想说的话都说出来。可是,她闭上嘴,好像已经用尽了力气,再不开口了。

二十一

两天以后,傅家杰收到一封寄自首都机场的信。他打开看到——

文婷:

我不知道你能不能见到这封信。也许,它将是一封永远无法投递的信。我多么希望不会是这样的,我也相信绝不会是这样的。这次,你病得很重,但我总觉得你会好起来的。你还能干很多事情,你正是出成果的时候,你不应该这么早就离开我们!

昨晚,我和老刘去向你告别时,你还昏昏地睡着。我们本来准备今天上午再去看你,可是临行前的琐事太多了,实在抽不出时间。一想到昨夜一别,也许会成为我们最后的一面,我的心就发抖。同窗共事二十余年,知我者莫如你,知你者也莫如我,想不到我们竟是这样地分别了。

现在,我在首都机场候机室里给你写信。你知道我站在什么地方吗?就在二楼出售工艺美术品的柜台边上。这里没有人,只有玻璃柜里陈列的展品对着我。还记得吗?我们俩第一次坐飞机,也曾来过这里,还在这个卖工艺品的柜台前欣赏了半天。有一盆水仙做得那么逼真,那么娇好,细细的绿叶上还滴着露水珠。你说你最喜欢了。弯下腰一看标价,把我们俩都吓跑了。唉!现在我一个人站在这柜台前,又有一盆水仙，只不过花盆是另一种黄色的。那一盆，想必被人买走了。我望着这盆水仙花，不知为什么，只想哭。我忽然想到，一切都过去了。

记得傅家杰刚认识你的时候，有一次他到我们宿舍来，随口念了一句普希金的诗："一切过去了的都会变成亲切的怀念。"当时我直撇嘴，说这话不确切，还质问他："过去的不幸也怀念吗？"傅家杰笑笑，拒绝和我辩论。他心里一定认为我不懂诗。今天我忽然懂了！我觉得这句诗太确切了，简直是我此时此刻心情的写照，简直是为我写的！我真的觉得：一切过去了的都是那么亲切，那么让人怀念啊！

耳边又听得一阵隆隆声，又是一架飞机起飞了，不知要飞到哪里去？再过一个钟头，我也要登上舷梯，离开生我养我的祖国。一想到足踏在故国土地上只有六十分钟了，我忍不住泪水，我哭了，把信纸打湿了。可是，文婷，我没有时间换一张纸了，就这么写下去吧！

我不知道为什么这样伤心，我忽然觉得自己做了一件错事，我不该走的。我舍不得这里的一切，舍不得！舍不得我们的医院，舍不得我们的手术室，舍不得门诊室里我那一张小小的桌子！我常在背后说孙主任凶，不允许人家有一点错。现在，我愿再听一声他的斥责。他是个多么严厉的老师，没有他的苛求，我不会有今天这一手技术！

广播又响了起来，在祝愿旅客一路平安。能平安吗？想到就要上飞机了，我心里有一种空落落的感觉。我觉得自己像一个漂泊在天空的气球，不知将落在一个什么样的地方？在那里等待着我的又将是什么？我心神不定，甚至感到害怕！是的，是害怕！去一个陌生的国度，一个同我们社会完全不同的社会，我们能适应吗？怎么能不害怕呢？

老刘坐在那边的沙发长椅上发呆。他一直忙于收拾东西，不及思索，好像走的决心从来没有动摇过。但是昨天晚上，他把最后一件衣服塞进箱子里去，忽然说："从此以后，我们就是天涯孤客了！"后来，他就一直沉默不语。直到现在，还是一句话也没有说过。我知道他心里也很矛盾。

亚亚对这次走是最积极的。她甚至还表现出一种迫不及待的兴奋之情，我几次恨不得揍她一顿。但此刻，她站在候机室的大玻璃门前，望着忙忙碌碌的停机坪，也好像不愿离去了。

"不能不走吗？"我记得那天晚上在你家里，你曾这样问过。

我不能用一句话回答你，为什么我们非走不可。这几个月里，我和老刘几乎天天都在为走或不走烦恼着，争论着。促使我们下这决心的原因很多。为了亚亚，为了老刘，也为了我。但是，各式各样的理由，都不曾使我减少内心的痛苦，我们是不该走的。我们的国家正在开始一个新的时代，我们没有理由逃避历史（或许还该加上民族）赋予我们的使命。用造反派的语言来说,则是"工人农民的血汗把你们养大了,你们不应该背叛!"

同你相比,我是软弱的。我在这十年中受到的磨难比你少得多,但是我不能像你那样忍受。对于那些恶意的中伤,无端的诽谤,我常常爆发。这并不是我比你坚强,恰恰是我比你脆弱。我确实曾经想过,那么屈辱地活着不如死了好!只是为了亚亚,我才打消了这种念头。老刘作为"特嫌"被关起来那几年,我能熬过来,能活下来,亲眼见到粉碎"四人帮"的胜利,连我自己都意想不到。

当然,这些都是过去的伤心事了。傅家杰说得对,"黑暗已经过去,光明已经到来。"可惜的是,林贼、"四人帮"造成的一代人的偏见,绝不是短期内就能改变的。中央的政策来到基层,还要经过千山万水。积怨难除,人言可畏。我惧怕过去的噩梦,我缺少像你那样的勇气!

记得有一次批判"白专道路",那些占领医疗卫生阵地的"沙子",点了你的名,也点了我的名。会后,我们一起走出医院的大门。我说:"我想不通。为什么刚有一点钻研业务的积极性,就要打下去?以后,再开这种会,我不参加,以示抗议!"而你却说:"何必呢!再开一百次我也参加。反正手术还得我们做。我回家照样钻研!"我问你:"这么批你,你不觉得冤吗?"你还笑了,你说:"我一天忙得晕头转向,没时间去想它!"当时,我真佩服你!只是快分手时,你却嘱咐我:"这种事,你别告诉傅家杰,他自己的事就够烦的了。"我们默默地走了一条街。我看到你的脸色是平静的,目光是自信的。你心里的想法是任何人动摇不了的。我也明白,你是用多么坚强的毅力抵抗着那些袭来的石子,走着自己生活的路。如果我能够有你一半的勇气和毅力,我也不会作出今天的抉择。

原谅我吧!我只能对你这样说。我走了,我把心留在你身边,留在我亲爱的祖国。不管我的双足走向何方,我都不会忘记故国的恩情。相信我吧!我只能对你这样说。相信我们会回来的。少则几年,多则十几年,等亚亚学有所长,等我们在医学上稍有成就,我们一定会回来的。

最后,衷心祝愿你早日恢复健康!经过这场大病,你应该接受教训,自己多照顾自己。这不是我劝你自私。你的不自私,是我历来敬佩的。我只希望你有一个健康的身体,我只希望中华医学的新秀能够吐出更多的芬芳!

别了,我的好友!

亚芬
匆匆于机场

二十二

一个半月以后,陆文婷大夫病体初愈,被允许出院了。

这几乎是一个奇迹。以陆文婷平日极为虚弱的身体,突然遭到这样一场大病的袭击,几次濒于死亡的边缘,最后竟能活了过来,内科大夫都感到惊异和庆幸。

这天上午,傅家杰怀着感恩的心情在妻子身边忙着。他替她穿上棉衣毛裤,又穿上一件蓝布棉猴,围上一条驼色大长毛围巾。

"家里怎么样了?"她问。

"挺好。昨天你们支部还派人去帮着收拾了。"

她立即想起那间小屋,那个罩着白布的大书架,那窗台上的小闹钟,那张三屉桌……

从死亡线上回来的她,虽然穿了这么多衣服,仍觉得身上轻飘飘的。当她站起来时,两腿打着哆嗦,很难支持身体的重量。她整个身子几乎全靠在丈夫身上,一手拽住他的衣袖,一手扶着墙,才迈出了步子。接着,一步又一步,她慢慢地走出了病房。

赵天辉院长、孙逸民主任,还有内科和眼科的一些同志们,跟在她身后,看着她一步一停地沿着长长的甬道,朝门外走去。

接连下了几天雨,一阵冷风吹得光秃的树枝呼呼地响。雨后的阳光格外的明媚,强烈的光束直射进这长长的长廊,冷风也呼啸着迎面吹来。傅家杰倍加小心地搀着妻子,迎着朝阳和寒风朝前走去。

门外石阶下停着一辆黑色的小卧车。那是赵院长亲自打电话给行政处要来的。

陆文婷大夫靠在丈夫臂上，艰难地一步一步朝门外走去……

1979年11月于北京

写给《人到中年》的读者

谌 容

《人到中年》发表之后,我收到不少读者热情的来信,其中一部分是工交战线上的同志们写的。《工人日报》让我写些话,算作是回信。

对于一个作者来说,最大的快乐莫过于读者喜爱自己的作品。正好像对于一个医生来说,最大的快乐是看到了病人的笑颜一样。热情的宽容的读者慷慨地将这种快乐给予了我,我深深地感激你们!在我的创作生活中,这一封封来信给了我巨大的力量,使我得到教益,受到启发,鞭策着我写得更多一些,更好一些。

我不是医生,不是陆文婷。恰如有的读者在信中所说,我只是"这默默无闻的众多中年人中的一个"。我熟悉陆文婷们的经历和处境,了解他们肩负的重担,知道他们生活的艰辛。

他们是解放后培养起来的新人，他们应是大有作为的一代。各条战线都有陆文婷。有的同志把陆文婷比作天上的一颗星星，说她在我们的生活中静悄悄地放着光芒。我同意这个比喻。我认为，正是千千万万这样的星星，组成了我们社会主义祖国灿烂的夜空。他们不求闻达，只把自己的血与力献出来，为了下一代，为了我们多难的祖国。他们是伟大的一代人，正如他们的前辈一样。但是，由于种种原因，他们的生活清贫，有着很多难言的困苦。我认为，他们是在作出牺牲，包括她们（他们）的丈夫（或妻子），也包括他们的孩子，而这种牺牲又往往不被人重视和承认。于是，我写了陆文婷。我想，陆文婷这个艺术形象在读者中引起了共鸣，成了他们的朋友，就在于她大概是代表了他们。我写对了。当然，我并不奢求所有的人都喜欢陆文婷。

陆文婷的命运引起很多读者的关注。有的同志不同意把她从死亡线上"拯救"回来，认为现在的结尾是"光明的尾巴"，应该让她死去。有位热心的读者，给我寄来了他写的《人到中年》续篇，共五节。他描写了傅家杰为儿子买了白球鞋，为女儿买了扎小辫的发带，带他们到医院去看陆文婷时，她已经永远闭上了眼睛……。也有的读者建议陆文婷应神采焕发地站在手术台上，姜亚芬又飞到我们的身旁。我觉得，一篇小说的主人公的命运引起读者的关注，甚至有各种截然不同的想法，那么，这个艺术形象的塑造就已经完成了。这个形象已经活在读者心中，他们希望她这样，不希望她那样，都是可以的。如果一定要问我的意见，我觉得还是不更改现在的结尾好些。这不是"光明的尾巴",而是生活给我提供的感受。陆文婷是"迎着朝阳和寒风"出院的。她可能神采焕发地重新走上手术台,也可能还会遇到艰难。当然,我是希望她的生活中充满阳光的,因为春天毕竟已经来临了。

现在我还没有写《人到中年》续篇的打算,但是我可以考虑这个意见。过几年,如果生活给了我新的启示,我愿意把陆文婷的故事再写下去。但愿到那时,我能将一部欢快的乐曲呈献给你们——我善良的好心的读者。

关于刘学尧和姜亚芬夫妇出走的问题,我想说几句。在构思这篇小说时,我并没有想到要这么写,而生活的现实迫使我修改自己的计划。我到一家大医院去体验生活时,正有眼科的一位女大夫申请出国,她技术精良,年富力强。她爱人是外科有名的"快刀刘"。他们被批准走了。后来,这"快刀刘"老在我脑子里转。我甚至不愿给这个人物别的姓,就写下了刘大夫。我在内科的"顾问",也是一位年轻精干的医生。他外语很好,对心脏病颇有研究。《人到中年》中有关描写心脏病的章节,是他帮我定的稿。遗憾的是,在小说问世之后,我到医院给他送书去时,他也已远在海外了。这使我从另一方面感到解决中年问题的迫不及待。确实,他们是不该走的,也是不愿走的。关于他们不该走,人们谈得不少;关于他们不愿走,人们往往不注意。我曾犹豫,要不要把这些写进小说里。后来,我还是写了。我认为,这是"十年浩劫"之后,在拨乱反正这个特定历史时期的一种特有的社会现象。这种现象将来也许不会再有,但现在确实存在。作者有责任把它艺术地再现于文学作品中,使作品更富有时代的印记。

最后，借此机会对热心改编《人到中年》为电影文学剧本的同志们说句话：电影文学剧本我自己已经动手在写了，希望改编的同志们谅解。

（原载《工人日报》1980年7月7日）

并非有趣的自述

谌 容

一

关于我自己,什么也不想说,什么也不愿写。

多年来我奉行这样的原则:谢绝采访、谢绝上镜头、谢绝上封面、谢绝介绍创作经验。为这,我得罪了很多不辞辛劳的记者,得罪了很多可尊敬的编辑,也得罪了很多热心的爱好文学的朋友。我常常因此而自疚,但又没有别的办法。

这并不是因为我有什么难言之隐。我没有什么个人的秘密。如果需要的话,我什么都可以公开,包括我的身世,我的经历,我的家庭,我的遗憾。可是,有这个必要吗?

这也并不是因为我比别人谦虚。我并不具有这种高贵的美德。我非常自信,很不容易听进别人的意见,常常为此受到批评。

这更不是因为我有什么创作的诀窍不能外传。我在创作的路上走得很苦。我不敢说有什么创作经验，更不相信我的"经验"能帮助别人打开文学之门。

我只是认为，对于一个写小说的人来说，最重要的是写出作品来。读者关心的是你的作品，不是你的家庭，你的经历，你的脾气。作品中包含了作者对社会的认识、对人生的态度，自然也包含着作者对创作的探索、包含了作者的个性。读者需要了解的，尽可以从作品中去了解。除此之外，一切都可以说是多余的了。

坚守这道防线，我"击退"过一次又一次的"进攻"，也遭到过很多次的失败。或者为了很好的朋友，或者为了工人，或者为了农民，我只好退却。但我还是尽可能少说一点。我以为就是这一点儿，也已经太多了。

然而，世上确实有这样的"能人"。他们没有访问过我，能写《谌容访问记》《谌容在农村》《谌容谈创作》。有的送我"审阅"，被我扣下了；有的未经我同意，竟自发表了。到后来，以讹传讹，许多不实之词，弄得人啼笑皆非。

抗议吗？都是好意。怎么能抗议呢？我只剩下沉默。

现在，我面临着一次严峻的考验。

《中国当代文学研究资料》编委会要出《谌容研究专集》。作为一个作者，我属于人民。我的作品，属于社会。我不能拒绝别人研究。既然不能拒绝别人研究，我也不能拒绝向人家提供资料。我不得不再一次退却，并且不得不退得更后一些，我想到那些见之于文字的和未曾见之于文字的讹传，也许利用这个机会，把我的生平，我的写作，明明白白地写出来，或许有益于我的作品的研究,至少可以澄清一些误传。

于是,我来写这篇并非得已的自述。这里没有轶闻,没有趣事,有的只是严峻的生活。它只供研究之用。对于那些茶余饭后喜欢议论文人逸事,特别是女作家逸事的人来说,这绝非什么有味的文章。

尽管如此,我仍然希望,今后再也不写这样的文章了。

二

"祖籍四川巫山,生在湖北汉口,长在嘉陵江畔和长城脚下,浪迹天涯海角,当过工人,上过大学,搞过翻译,任过教师,被别人改造过,也'改造'过别人,现在是个专业作者,或曰作家。"——倘问我的简历,如此而已。

三

我从来没有到过巫山,至今不识故乡的面目。只是在很小的时候听说,老家在巫山县的大山中,祖父有不少土地,想必是个地主。

父亲毕业于中国大学,解放前在国民党北平、重庆、内江等地高等法院、最高法院任过庭长、院长等职务。

母亲是河北保定人,毕业于河北女子师范高中。曾任教师,不过,她教书的时间很短。

公元一九三六年十月三日,我降生在多难的中国。(我的生辰日月,直至前年我母亲来北京小住,适逢中国新闻社记者来访,和老人闲谈中才搞清楚,她说:"我这个女儿是民国二十五年阴历八月十八日生的,不到一岁就'七七'事变,抱着逃难至四川。")

关于我的童年,一九八一年岁末,在广州时曾同《花城》编辑部的同志谈起,想写一组散文。后来写成几篇(两篇底稿给编辑同志看过)。其中有一篇《童年的记忆》,可以说是这组散文的开篇。

我是这样写的:

> 我没有牧歌式的童年。
>
> 我的童年,是在抗日战争的烽火中,在连绵不断的逃难中,在光怪陆离的"大后方"度过的。
>
> 黄金一般的童年时代,去得那样匆忙,竟不曾在我心中留下些许美好的回忆。襁褓之中,由楚入川。稍知世事,由川西平原来到川东乡间,寄居在层层梯田环抱着的一个寂寞的坝子上。生活就像那里的冬水田一样静静的,没有涟漪。
>
> 我多么希望从记忆的深处去搜索童年的诗情。哪怕只是半点天真的欢喜,一缕浪漫的幻想,也可以让我去细细地咀嚼其中的甘苦,寻觅那消失在远处的生活的脚印。
>
> 然而,仿佛这一切都不曾有过。
>
> 我的童年是冷峻的。
>
> 残留在我记忆中的,只是那些不可捉摸的大人投在我幼小的心灵上的阴影。我早熟,孤僻,不记得曾

经有过亲密的小朋友，却记得曾经一次又一次悄悄地探索过大人们的秘密。

大人，简直是个谜。他们的喜怒哀乐，变幻无常。他们的言谈笑语，高深莫测。大人，是一个神秘的海洋，像磁石一样吸引了我这个小小的探险家。说也奇怪，有些大人，只见过一面，只听到他或她的片言只语，却永远留在记忆中了。

那其实也只是曚曚眬眬、模模糊糊的记忆。现在想来，多半是当时年纪太小了，对大人们做的和说的，不理解，不明究竟。但，终因为曾经想过，思考过，反留下了印记。待到白发爬上鬓角，自己在生活的路上走了长长的一段，阅尽人间沧桑，那不曾理解的终于理解了，那曚眬的终于清晰了。我的大朋友们就像拨开重重迷雾的幽灵，臂挽飘逸的轻纱，飞舞在我的思绪里，逼着我的笔，把他们勾画出来。

啊！失去的童年，那是一个死了的时代，它不会回来了。这是新一代的幸福。

在这一组散文里，我写了《卖豆腐的女人》《背柴的小女孩》《"我的家在东北松花江上"》《美人儿》。原准备再写几篇，一并发表，后因赶写一个中篇，把这个计划中断了。

一九八三年初，在上海参加故事片会议，看到上影厂根据台湾女作家的小说改编的《城南旧事》，那也是以一个小女孩的眼睛看旧社会的人和事的，同我写的这组以人物素描为主的散文，在手法上有几分相似。尽管我写的人和事同《城南旧事》并不相同,她写的是旧北平城市生活,我写的是四川农村生活,但那情调却颇接近。我遵循的创作原则之一是,努力不雷同自己,更不要雷同于别人。她既先于我为观众所知,我就退让了。就这样把这组散文搁下了。《花城》编辑部的同志去年还催问我这组散文,我未便明说,只说手懒,尚未完工。其实,我是在等待上天,赐我以新的写法。如果找到了,写出来了,我愿意把这组散文奉交《花城》发表。那或许有助于读者们了解我童年时期的生活环境,了解生活曾经给了我怎样的教育。

四

一九四九年底重庆解放了。那已经是中华人民共和国诞生之后。那时,我是重庆南岸的女二中初中二年级的学生。我和同学们一起迎来了山城的春天。

不知为什么,父亲把我和妹妹送到成都的一个亲戚家里。这位亲戚很富有,开着一个针织工厂。我是他家的客人,也是个特殊的学徒工。在那里一年,我学会了用机器织袜子。但我觉得住在那里索然无味。

我渴望脱离我的家庭,渴望过一种新的生活。

一年后回到重庆,我报考过部队文工团。他们录取了我。我又报考了西南工人出版社,他们也录取了我。

那时候,到处都要人,到处都有工作。在那个天翻地覆的时代,"参加工作"就是"参加革命"。"革命"二字,对于青年学生,即便是对我这个所学极少的女学生来说,也是多么富有吸引力啊!

我在部队文工团和工人出版社之间选择了后者。在人生之路上的这第一个抉择,对我后来的生活当然是有重大影响的。但,对我说来,作出这样的抉择并不困难。较之歌舞,我更爱书籍。自从认识了一些字,我就偷阅了家里所有我能看懂或半懂不懂的"闲书",能有机会生活到书的海洋中去,可谓"得其所哉"。

当时的西南工人出版社刚刚创办,还没有力量出书。它只有一个门市部,只有一项任务——卖书。我站在书台前,看了不少书。我背着书箱到工厂、到煤矿,看到解放了的工人多么渴望书。

一九五二年,西南工人出版社门市部并入新华书店。我被调到西南工人日报编辑部工作。在编辑部,我是一个"最底层"的工作人员。登记来信,分发来稿,收抄记录新闻。我努力完成分配给我的每一项工作,并且自学俄语、画画和高中课程。

一九五四年,我考入北京俄文专修学校(一九五五年改名为北京俄语学院,现为北京外语学院),成为中华人民共和国第一批调干大学生。在大学里,我成为中国新民主主义青年团(后改名为中国共产主义青年团)的团员。

一九五七年,我从北京俄语学院毕业,被分配到中央广播事业局当俄语翻译和音乐编辑。先后在伊朗语组和对苏广播组工作。我得过先进工作者的嘉奖,也一次一次地晕倒在办公室。一九六二年,我被精简下放,到北京市教育局,当俄语教师。

五

但是，我又一次次地晕倒在讲台上。

没有一个学校愿意要一个经常晕倒在讲台上的教师。这样，我成了一个分配不出去的教师，一个丧失工作能力的人，一个不为社会所需要的人。

这是我一生中最痛苦的一页。

在绝望中，我走上了文学之路。

这并不是因为我有什么文学才能，只是因为我不能上班，又不甘心沉沦，总得干些什么事。不能坚持八小时工作，那么四小时，三小时，只要还活着，我就得有所作为，就得对社会尽自己的一份义务。

那时候，搞文学创作，讲的是"为工农兵服务"，对于我这样一个知识分子来说，除了"深入工农兵"之外，不可能有别的出路。在工农兵当中，我选择了农民。比较起来，农民对我不算太陌生。这同我幼年有很长一段时间生活在农村，不能说是没有关系的。

一九六三年秋，我把两个孩子送到上海的亲戚家里，告别了丈夫，只身来到山西汾阳县万年青公社贾家庄大队。六十年代中期，贯彻调整方针，农村在复苏。农家的小院里又有了猪，有了羊，有了鸡，农民的脸上又有了笑容。我生活在善良的农民中间。每天扛起锄头，同我的房东一起，日出而作，日没而息。工余之暇，我给农民画画，也给农民当教员，教他们学文化，我成了他们中的一员。这使我精神非常愉快，得到极大的宽慰。我在城里几乎被人遗弃，在农村却结识了很多朋友。我几乎忘记了自己是来"深入生活"为了写小说什么的。我一个字也没写。但是，我的这些农民朋友，他们的喜怒哀乐，他们的音容笑貌，却铭刻在我心里，后来又一一再现在我的小说里。

这年冬天，开始"四清"。工作队进村，我作为一名国家干部，又了解村里的不少情况，被动员参加"四清"工作队。但是，作为农民的朋友，我又不愿意干伤害朋友的事情。这不是什么"仗义行为"，而是因为我对那些老实、忠厚，有时也玩弄一些小小的计谋以应付上级领导各种命令的农民和基层干部，从心里深表同情。左右为难，我只好一走了之。

回到北京，我写了两个农村题材的多幕话剧。一个题名《万年青》，一个题名《今儿选队长》。我给剧院送去过，也给《剧本》月刊投寄过。我得到了鼓励："有生活气息""语言很好""有的人物很鲜明""有的戏很精彩"，但是，"整个剧本还不成熟"。对于一个初学写作的人来说，这就是很高的奖赏了。它坚定了我走创作之路的决心。但是，怎样才能使整个剧本成熟起来呢？我感到茫然。

在这里，我要感谢戏剧家李之华同志，他看了我的这两个剧本，给我提了很多宝贵的意见，并且允许我去旁听他在中央戏剧学院的讲课，使我多少懂得了一些戏剧规律。

我的第三个剧本是《焦裕禄在兰考》。这个剧本送到北京人民艺术剧院不久，"文化大革命"就开始了。后来准备恢复戏剧演出，北京人艺组织了戏组，准备排这个戏。我和导演、演员一起到河南兰考体验生活。我满以为这个剧本可以同观众见面了，结果又吹了。

接连三次失败，使我对剧本创作失去了信心。我同剧组的同志一起去体验农民的生活，同时也体验到剧组的生活。我开始明白了一点儿：一个剧本从剧本组通过、导演通过，剧院领导通过，再到上级领导通过，有层层关卡。没有"过五关、斩六将"的本领，怎干得了这个差事！

这样，我退下阵来。

但是，我并没有灰心。既然我的语言还有某些可取之处，笔下的人物还有某些可信之处，并且还能传递出某些生活气息，我为什么非在话剧这棵树上吊死呢？为什么不让我的人物，我的语言出现在小说里？小说不也需要生活气息，需要戏剧性的情节吗？于是，我开始写小说。

当然，这是"文化大革命"后期的事情了。

六

"文化大革命"中，我是个"逍遥派"。

这并不是因为我一开始就反对"文化大革命"，而只是因为别人或者"停课闹革命"，或者"就地闹革命"，我是教育局的编外人员，没有所在单位，没地儿"闹革命"。

然而，"逍遥"也不那么容易。后来，我们这些由于各种不同原因列入编外的人员，同"旧北京市委"的干部，一起被打发到农村去"接受贫下中农再教育"。这样，我又来到农村。同上回去农村不同的是：上次是去山西，这次落脚在京郊通县。上次是通过"后门"，请了病假，拿着劳保工资，自筹路费；这次是通过"正门"，拿着全部工资，路费可以报销。对我来说，有这样优惠的条件去"体验生活"，是不幸中之大幸。

当时，除了每个月放四天假，回城料理家务，对于什么时候能结束这种放逐的生活，是不能想，也不敢想的。不过，我还算安心，因为它毕竟使我又有机会来到农民身边。我同他们一起插秧、割麦、喂猪，寒冬腊月去挖河；也同他们一起偷懒，一起糊弄上面的各种瞎指挥。再就是同老大妈、二婶子、姑娘们一起盘腿坐炕上纳鞋底，说家常，听她们说东道西，讲古往今来的各种故事。

后来，不知怎么又时来运转，我们这些"接受再教育"的"臭老九"，一夜之间变成了"毛泽东思想宣传队"的成员，被委以宣传和贯彻毛泽东思想的重任，进驻到各个村去，搞"党的基本路线教育"。当然，这也含有"在阶级斗争的第一线经受锻炼，接受考验"的成分。这场考验的结果是，开拓了我农村生活的视野，给了我极大的活动余地，使我有机会结识了从县、社到左邻右舍各个大队的干部，结识了过去由于避嫌而不敢接触的"地、富、反、坏"各式人士。

就在"宣传毛泽东思想"之余，我趴在农家小院的炕头上，开始写我那本倒霉的长篇小说《万年青》。如果我能够知道我这部处女作后来会惹出那么多事来，我肯定是不敢动笔的。

然而，谁又能有这样的预见呢？

七

《万年青》写的是一九六二年华北某地一个生产大队反对包产到户的故事。

这并不是我杜撰的。这样的事情,在中国的很多农村都曾经发生过。焦裕禄树立的"四面旗帜"当中,就有一面是坚持走集体化道路的韩村。我那个未曾公演的剧本《焦裕禄在兰考》,主要就是写他支持韩村贫下中农坚持走集体化道路、依靠集体力量战胜自然灾害的那一段。当我改写小说的时候,就以一个村的贫下中农反对包产到户为主线,把我过去写的几个剧本中比较成功的人物和情节编织在一起,铺陈为一部长篇小说。可以说,这部小说动用了当时我的全部"生活积累"。或许正因为这个原因,尽管它是我的第一部长篇小说,写来还比较顺手。一九七三年十一月,当我结束"下放"生涯,被分配到北京市第五中学当俄语教师时,我的丰硕成果之一,就是怀揣着这部手稿。

但是,当我脱稿时,我自己是一点把握也没有的。我的第一读者是李希凡同志。他读了原稿,给我写了一封信,予以肯定。这使我有了寄送出版社的勇气。

说来也巧,当时被"打倒"在家的王揖同志(曾任人民日报副总编辑)听说我写了一部小说,毛遂自荐,说他同刚恢复工作的人民文学出版社的严文井同志很熟,可以请严文井同志给我看看,我欣然同意。于是,原稿就到了严文井同志手里。

那时,我还不认识严文井同志。后来我才知道,严文井同志并没有因为是王揖同志转去的稿子有什么特别关照,而是把稿子交给出版社小说北组的编辑许显卿同志，说："你把这部稿子看看，提点意见退回去。"这里，我丝毫没有责备严文井同志的意思。我所以要把他这句话写出来，是为了替他洗刷一下后来他为这件事蒙受的不白之冤。

许显卿同志是一位工作极端负责、有长期工作经验的文学编辑。他读了原稿，对《万年青》持肯定态度。于是，当时人民文学出版社的几级领导，包括王致远同志、韦君宜同志、屠岸同志都看了，一致同意把这部小说列入他们的出版计划，并且提出了修改意见，替我请了创作假。我很快把稿子改完，给出版社交了去。

我等待着发排，等待着校样。在那些日子里，我的兴奋之情溢于言表。从一九六四年我到山西起，整整十年了。十年的心血，现在要出成果了，还有什么比这更能令人高兴的呢！

谁知就在这时，"批林批孔"开始了，我的厄运也来了。

出版社极少数"掺沙子"掺进来的造反派，联系本单位的实际，搞开"批林批孔"了。他们贴出许多大字报，攻击严文井、王致远、韦君宜等刚恢复工作的老同志"效法孔老二克己复礼"。其中一颗"重型炮弹"，就是他们"兴灭国，继绝世、举逸民"，而其罪证，就是准备出版我的《万年青》。我至今不明白这些造反派的战将们从哪里编造出来的材料，竟然说我父亲有七条人命。现在，出版社准备出版一个有七条人命的国民党法官的女儿的小说，岂不是"兴灭国、继绝世、举逸民"？

于是，我那部长篇小说就被"批林批孔"扼杀在摇篮中。

八

出版社绝大多数同志都为我抱不平,但他们无权无势,爱莫能助。

我走访出版社的各位领导,申诉我的不平。我的父亲是国民党的法官,并没有任命。他的历史远在建国初期的司法改革中就作过结论,定为"一般历史问题"。而且,在开始同出版社打交道时,我就本着"把丑话说在前头"的原则,把这些情况都告诉了出版社,并无半点隐瞒。出版社领导根据党的政策不认为这是一个问题,才把《万年青》列入出版计划,为什么现在又改变了主张?这些老同志劝我"相信群众相信党"。我知道,他们是同情我的,但是在当时的情况下无能为力。那时,唯一能引以为安慰的是,稿子还留在出版社,也许还有一线希望,尽管已经是很微弱的希望了。

不久,这最后一线希望也破灭了。"批林批孔"中又杀出一个"批'走后门'",矛头也是针对老同志的。我那篇小说又被造反派抓住了,说它不是从邮局投递,经"前门"进来,而是从严文井同志的"后门"进去,勒令严文井同志从什么门进来的,还从什么门退回去。在这种压力之下,主管这部小说的王致远同志一气之下"出差"去了,严文井同志只好把原稿装在一个牛皮纸信封里,一个字也没有写,给我退了回来。

这对我来说,是致命的打击。

它不仅意味着我十年的心血,付诸东流,而且意味着我被取消了出书的资格。今后,我写得再多,再好,也不会有出版社出我的书了。而对我来说,写作就是我的生命。

我甚至觉得没法活下去了……

一个人业余时间搞点创作,不仅要付出很多额外的辛劳,而且要遭到很多白眼。在有些人看来,这叫作"不守本分""想入非非",起码也是"个人主义""名利思想"。为了免遭讥讽和嘲弄,我和许多业余作者一样,在开始写作时是"保密"的,偷偷地写。等到人民文学出版社来单位替我请创作假,才把"秘密"公开出来。现在,临到发稿前夕,书又不能出了,这,等待着我的将又是什么?

我怎能忍受这样的打击!

在走投无路中,我给当时在中央把持文艺大权的那个人写了一封信。事关政策问题,她不表态,下边谁敢做主。附带说一句,这封信是从离我家最近的北京北新桥邮局挂号寄去的。

过了十天,中央办公厅来了两位同志找我,谈话地点是在第五中学党支部办公室。这两位同志了解我的家庭情况,问了我父亲生前所在单位,他的档案现在什么地方,并让我把小说原稿送交中央办公厅信访组。我记得非常清楚的是,临走时他们对我说:"你要相信党对知识分子的政策。"我只说了一句话:"如果不相信,我就不敢写这封信。"

又过了一段时间(大约四十天),人民文学小说北组的同志跑来告诉我,中央办公厅已把小说原稿寄到出版社,上面有批示,大意是:"小说基础是好的。作者本人没有问题。出版社应该帮助修改出版。"并说当时在中央把持文艺大权的那个人在批示上画了圈。(这"批示"我至今没看过,听说人民文学出版社曾传达过的。)

这样,《万年青》又重新列入人民文学出版社的出版计划。这对出版社那些造反的勇士们是小小的一棒。而对于那些"效法孔老二克己复礼"的老同志来说，则是一个解脱。他们不必再为我承担"兴灭国、继绝世、举逸民"的罪名了。由于类似的原因从出版社计划中被除名的一批小说，也得到大赦。不幸的是，粉碎"四人帮"以后，由于这批书的出版，有些作者和出版社的同志又挨了一次整。

对我来说，《万年青》冲破了如此巨大的阻力，终于能够出版，可谓万幸。但这本书的出版后来又使我经历了长久的磨难，却是始料不及的。

九

当重返人民文学出版社，洽谈进一步修改《万年青》时，我格外谨慎小心，生怕言行稍有不当，又被"造反派"节外生枝，再次发起攻势。更怕那些掌权的大人物出尔反尔，撕毁前言。出版社的同志，特别是小说北组的同志，也为我这一状告准了感到高兴。他们也是谨慎小心的，不敢因为重新获得编书的权利而稍露喜色。我们彼此合作，只求平平安安地出书。这样，人民文学出版社的同志和我结成了患难之交。

一九七五年九月，《万年青》出版，我所在的学校和学校所在的教育局、区委对我的创作都是非常关怀和支持的。他们不但给了我创作假，区里的一些同志还把《万年青》的出版，作为他们工作的成绩，并请我介绍经验。我"谦虚地"谢绝了，一次也没讲过。只希望继续给我创作假，重返山西农村深入生活。承蒙他们关照，一九七六年初，正月初四，刚过了春节，我就来到了吕梁山。

我"成功"了吗？我不知道。我只希望离开乱纷纷的北京城，离开那些真真假假的恭维。我愿意回到安谧的农村去，回到给了我那么多生活乳汁的农民中去。我在那里见了很多老朋友，他们已经从基层干部成长为县委的领导干部。这使我有机会结识了很多县委书记，同他们一起开会，一起下乡，一起去大寨参观。略知他们的苦衷和在夹缝中为民谋利的种种斗争艺术。我的第二部长篇小说《光明与黑暗》和中篇小说《赞歌》等，就是在那一段生活的基础上写成的。当然，我也接触了很多农民，经常驱车在吕梁山积雪的山谷中。中篇小说《白雪》中所描写的山区，就是我那时生活的环境。我很喜欢那里的恬静。置身在那遥远的天际，忘却了很多尘世的烦恼。

然而，吕梁山也不是世外桃源。天安门广场的诗词和血迹，震动了全国，在这深山僻谷中也引起种种不安。我回到北京，在北京经历了唐山地震的惊骇。我一个在安徽合肥教书的妹妹邀我去避震。我带着两个孩子来到安徽。因为我是"北京来的作家"，颇受照顾。我结识了很多当年新四军时代的地方干部，也结识了很多"火箭干部"和"小辫书记"。对一个以描写人生、时代为己任的作者来说，在中国，造反派的发迹史，同老干部的斗争史，都是值得一听的。

粉碎"四人帮"以后，我接着写《光明与黑暗》。按最初的设计，这是一部共分九卷的长篇小说，它描写一九七五年农业学大寨运动中，一个县委内部各种力量的斗争。其中就有各种类型的老干部，也有造反起家的"革命领导干部"。我闭门不出，昼夜执笔，想以这部新作去迎接粉碎"四人帮"以后的文艺春天。谁知出版《万年青》的事又被翻了出来。

十

首先是查那封信,查那封信是通过什么"线"送上的。我丈夫在《人民日报》工作,便怀疑我的信是通过他经当时把持《人民日报》领导权的鲁瑛送上去的。其实,他们猜错了。正因为我丈夫在《人民日报》工作,当时,"四人帮"正在《人民日报》发动一场斗争:"批判以胡绩伟、王若水为代表的'一股邪气、一股力量'"。我丈夫不幸也被视为"邪气"。我躲还躲不及,怎敢沾边?说来有趣,不知凭第几感觉的小心,那寄挂号信的小条竟被留了下来。这时,拿了出来,双手奉上,并"供出"中央办公厅那两位同志姓名,请组织上详查。

其次,因为我去了一趟安徽,结识一些"火箭干部"和"小辫书记",便让我写"交代材料"。(必须说明,人家说不是交代材料,只是为我好,什么事总是说清楚好些。)所幸我那时笔头勤快,每天都记日记,便把几月几日上午在哪儿,见到谁,谈了些什么;下午又到哪儿,见到谁,谈了些什么,一一交代得十分明白,写了一万多字的材料。后来,听安徽的朋友说,曾有人沿着我当年"走过的路"先后走了两遭,详细探查。结果大概未曾发现有什么阴谋活动,也就没有再来找我了。至于那"交代材料"和"外调材料"是否销毁或者还保存在什么地方,我就不得而知了。多少年以后,倘若我的作品还有读者,倘若还有人有兴趣研究我和我的作品,说不定会从什么地方找出这些"珍贵史料",也未可知。

此外,还有人说,《万年青》里一个支部书记名叫江春旺,一个生产队长名叫邓万举,这部小说是吹捧江青、攻击邓小平同志的。这真叫我欲哭无泪,欲笑不能了。我写的是一个村子的事情。中国农村很多是两大姓或几大姓。我写的这个村子里,江、邓两大姓。姓江的有好人也有坏人,姓邓的有好人也有坏人。怎么能这样地"联想"呢?万幸的是,江春旺是男性,邓万举也不是"走资派",要不然,我真是跳进黄河也洗不清了。

后来,终于证明了我的清白。这可是一件大好事。然而,却通知我停止创作假,限期上班,否则停发工资。我向出版社告急。出版社小说北组负责人李景峰同志、责任编辑孟新禄同志忙去说情,并作检讨,检讨他们没有给我办续假手续,是他们的过错。(其实,从来没有人说过需要办这类手续,都是满口支持这个人去写小说的呀。)然而,一切努力都无效。一九七七年四月,我每月五十六元工资开始停发。

就在停发工资的困境中,我写完了《光明与黑暗》。第一部,于一九七八年七月出版。接着我写了《永远是春天》和《人到中年》。有不少人问我:"《人到中年》里有没有你自己的生活感受?"以前我总用"外交辞令"含混过去。现在还是说出来吧:当然是有的。在一段很长的时间里,我就是啃两个冷烧饼,就一杯白开水,伏在三屉桌上写东西的。

我们的社会还是温暖的。很多相识、不相识的同志为我抱不平,在这样那样的会上替我呼吁。还有不少同志为我四处说情,希望有关方面收回成命。我对这些同志的关怀始终铭记在心。有时，我也为生活拮据，不得不向人借贷而烦恼。有时，我又觉得很难理解。当时一些干部支持这个作者深入生活，继续写作是对的，怎么又出来这么档子事儿呢？

一九七九年初，中共中央宣传部领导同志在报上发表了一段谈话。有一句话给我的印象很深，意思是说中宣部是作家的后勤部、参谋部。我忽然觉得应该给"后勤部长"写封信。当年，《万年青》是在"中央"的干预下出版的；现在，我为《万年青》的出版写了那样一封信算不算错误，该不该扣发工资，看来也只有请中央裁决了。

中宣部的领导同志先后为我的信作了两次批示。中宣部的其他同志也为我的事跑了不少"衙门"。不过，问题的解决还是在一年之后，《人到中年》这部小说在社会上产生了较大的影响，北京市许多业余作者和专业作家几乎每会都为我呼吁。北京作协热心支持业余创作的同志还上书为作者陈情。同时也得到北京市委宣传部的同情和关注。最后，北京市补发了我的工资，调我到北京市作协当了一名驻会作家。这已经是一九八〇年九月了。

十一

关于我的作品，那是应该由读者和评论家们去说的。我只想就我的两部长篇小说《万年青》和《光明与黑暗》，说几句话。

这两部长篇小说是不会再版的了。原因很清楚：小说的政治观点是错误的，不符合现行政策。《万年青》写的是反对包产到户中的故事,而包产到户正是现在所推行的。《光明与黑暗》是写农业学大寨中的故事,而农业学大寨正是现在所不提的。

怎样对待这两部长篇小说呢?对于图书馆来说,事情很简单,下架就是了,权当没有出过这两本书。

对于作者来说,就不那么简单了。我不能否认我写过那两部长篇小说,我不能说我的处女作是《永远是春天》,而不是《万年青》。

历史是不容篡改的。我不能篡改历史。

那么,为什么会产生这两部政治上有错误的小说呢?

有的同志说,这是作者脱离生活,紧跟政治的结果。我很难同意这种说法。我们的生活是同政治分不开的,文学作品要反映生活就不可能脱离政治。生活中确实反对过包产到户。不仅中央反对,各级党委反对,广大农民也被动员起来反对,并且很多人是诚心诚意地反对。一九六二年反对,以后一直反对,直到粉碎"四人帮"以后,十一届三中全会以前还在反对。

我在一九七四年写一九六二年中国农村生活的小说,当然只能反映党和农民怎样反对包产到户,而不可能反映当时生活中并不存在的党和农民怎样拥护包产到户。同样地,一九七五年,生活中确实有过"农业学大寨"运动,很多老同志确实曾经利用这个运动,同那些"只抓革命,不管生产"的造反派作过斗争,以求得安定团结,从而把国民经济搞上去。我写一九七五年县委生活的小说,当然只能反映县委怎样在"农业学大寨"运动中做出各种文章,而不能反映当时生活中并不存在的对"农业学大寨"的批判。

我以为，比较公正的说法似乎应该是：多年来我们的生活被"左"的政治扭曲了，反映生活的文学作品只能反映那个被扭曲了的生活。这类作品的出现，主要不能从作者个人身上去找原因。它是中国文学史上一个特有的文学现象。若干年后，也许可以作为专题去研究。

十二

回顾自己的创作道路，我感到疲倦。我累极了。

这确实不是令人欢欣鼓舞的事情。创作，是累人的。这不要紧，谁让你心甘情愿地选择了这一行呢？使人受不了的是，为了取得创作的权利，为了免遭诬陷，需要进行多么艰苦的持久的"战斗"呀！十多年中，"小战"不息，"大战"两次。我是一手拿盾，挡着明枪暗箭；一手握笔，趴在稿纸上，一步一步地走着。累，真累！

回首当年，我几乎很难相信，我竟有那样的勇气和精力，去应付那无休无止的纷争。今后，倘若还要"战斗"，还有"第三次大战"，我觉得我不会再有勇气和精力去应战了，我情愿不战而降。

人生毕竟是短促的。我剩下的时间不多了。只要手上这支笔不被打落，还能写下去，我实在舍不得时间去打那些无头的笔墨官司了。

（选自《谌容研究专集》，何火伍编，贵州人民出版社1984年版）

谌容创作年表

1975年

长篇小说《万年青》由人民文学出版社出版。这是作者创作的第一个长篇小说,动笔于1972年的冬天,完成于1973年。

1978年

长篇小说《光明与黑暗》由人民文学出版社出版。这部书原计划是写9卷,最后只出版了第1部。

1979年

中篇小说《永远是春天》发表于《收获》第3期。

1980年

中篇小说《人到中年》发表于《收获》第1期,这是作者的成名代表作,获得1977—1980年全国优秀中篇小说奖;同年,该小说由百花文艺出版社出版单行本。

中篇小说《白雪》发表于《十月》第4期。

中篇小说《永远是春天》由人民文学出版社出版。

1981年
中篇小说《赞歌》发表于《收获》第1期。
电影文学剧本《永远是春天》（与梁达合写）发表于《花城》第4期。
《谌容小说选》由北京出版社出版。

1982年
中篇小说《真真假假》发表于《收获》第1期。
中篇小说《太子村的秘密》发表于《当代》第4期，并获得1981—1982年全国优秀中篇小说奖。

1983年
中篇小说集《赞歌》由四川人民出版社出版。
中篇小说《杨月月与萨特之研究》发表于《人民文学》第8期。
中、短篇小说集《太子村的秘密》由人民文学出版社出版。
《谌容中篇小说集》由湖南人民出版社出版。
中篇小说《真真假假》由上海文艺出版社出版。

1984年
中篇小说《错，错，错！》发表于《收获》第2期。
中篇小说《杨月月与萨特之研究》由中国文联出版社

出版。

1985年

中篇小说《散淡的人》发表于《收获》第3期。

1986年

中、短篇小说集《错、错、错!》由花城出版社出版。

中篇小说集《谌容集》由海峡文艺出版社出版。

《大公鸡悲喜剧》收在上海文艺出版社编的《探索小说集》中。

1987年

中篇小说《献上一束夜来香》发表于《花城》第1期。

1988年

中篇小说《懒得离婚》发表于《解放军文艺》第8期。

1989年

中篇小说《得乎?失乎?》发表于《收获》第1期。

《啼笑皆非》发表于《十月》第3期。

1991年

长篇小说《人到老年》发表于《收获》第4期。

《第七种颜色》发表于《花城》第6期。

中短篇小说集《懒得离婚》由华艺出版社出版。

1993年

长篇小说《死河》由海峡文艺出版社出版。

中短篇小说与散文杂文集《谌容》由人民文学出版社出版。

1999年

中篇小说《天伦之乐》发表于《收获》第1期。

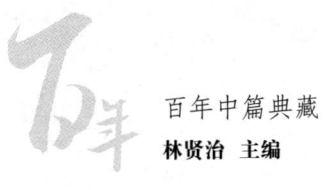

百年中篇典藏

林贤治 主编

《阿Q正传》　　鲁迅 著

《她是一个弱女子》　　郁达夫 著

《莎菲女士的日记》　　丁玲 著

《二月》　　柔石 著

《生死场》　　萧红 著

《林家铺子》　　茅盾 著

《丽莎的哀怨》　　蒋光慈 著

《长河·边城》　　沈从文 著

《阳光》　　老舍 著

《八月的乡村》　　萧军 著

《小二黑结婚》　　赵树理 著

《饥饿的郭素娥》　　路翎 著

《组织部来了个年轻人》　　王蒙 著

《大淖记事》　　汪曾祺 著

《绿化树》　　张贤亮 著

《被爱情遗忘的角落》　　张弦 著

《人到中年》　　谌容 著

《小鲍庄》　　王安忆 著

《关于詹牧师的报告文学》　　史铁生 著

《褐色鸟群》　　格非 著

《妻妾成群》　　苏童 著

《小灯》　　尤凤伟 著

《回廊之椅》　　林白 著

《到城里去》　　刘庆邦 著